河出文庫

二十世紀鉄仮面

小栗虫太郎

河出書房新社

二十世紀鉄仮面 ◉ 目次

二十世紀鉄仮面

序篇　死の都

ヴォルテール以来、「鉄仮面の男」の悲話は、小説で、映画で、涙香の飜案で――いまは、誰一人知らぬ者ない高名な物語である。

それは、ルイ十四世の御代に、死んで青黴が生えるまでも、鉄の仮面を顔としていた囚人の物語である。しかも、奇怪なその囚人は、さまざまに取り沙汰されて、小説では、ルイ十四世の双生子の弟とされている。

が、事実は、正体が何物であるか分らないのである。

そうと伝えられた他にも、或はモンマウト公とか、ボーフオール侯とか云われ、またマンツアの大使、エルコロ・マッティオリが擬せられたこともあった。しかし、結局は、それらの人々にも、死亡年月が証明されて、鉄仮面の正体は永劫の闇扉に鎖《とざ》されてしまったのである。

その男は誰か、いかなる罪科で永獄の囚人となったか、また仮面を用い、その顔を見せまいとしたのは何故か――以上の疑惑を解こうにも、今は反響《こだま》一つない空しさである。

ただ吾々は、バスティーユの監守長「デュジュンカの記録」同典獄サン・マールの甥「フォルマノアール回想」更に、懺悔聴聞僧「グリフェの日記」などによって、辛くも、仮面の外貌だけを知るに過ぎない。すなわち――

――その囚人は、顔に鉄の仮面を嵌められて、最初はピグネロールの塔に幽屏された。続いて、舁床《かきどこ》にのせられて、聖《サント》マルグリートの塔から、バスティーユにと護送された。その時、有名な、例のマルシェルと云う仮名が、バスティーユの囚人台帳に記されたのである。死は、一七〇三年十月十九日急激に起って、屍体は、聖ポールに埋葬された。

幽囚の悲劇は、今とて変ることはないが、この物語は、あまりにも悲惨である。

諸君は、リゴーの描いた、「夜のバスティーユ」を御存知であろうか。それは、梢の揺れる、白々とした月夜――。ベルタンディエルほか、八つの櫓楼を、簫のように唸らせ飇々《ひようひよう》と吹き入る風は、いつとなしに牢獄の壁を蝕ばんでゆくのだ。

その、荒れさびれた斑が、一層物凄い色を湛え、不気味な微笑を泛べて、ゆらゆらと揺めく壁の上には、無辜《むこ》を訴え、密告者を呪い、あるいは禁獄の月日を長々と数えたのや、また刑場に引き出される朝、爪を破り、唇の血などで記した、聴くもおぞましい、執着や呪いが印されているのだ。

しかも、その底の暗さ、吐息に澱んで、空気と云うにも、あまりに湿った土の香りである。仮面には、細かい黴が一面に蔓《はびこ》っていて、所々に、白い、蕈《きのこ》の肢のようなものが垂れ下っている、その微かな仄めきは、ちょうど闇夜に、檐《のき》から下っている、蜘蛛糸を見るようでもあって、それからは、何とも云えぬ、荒廃と悲愁の気が迸しり出て来るのだった。

また、そうした月のある深夜に、刎橋《はねばし》の軋み、濠に沼気のはぜる音を聴きながら、ふと、戸外の澄んだ空気、波打つ緑の野を思うと、幼ない頃の想い出が、それからそれへと繰り出されて行くであろう。そうして囚人は、壁に十字を映す、格子の影をぼんやりと瞶《みつ》めて、まだまだ機会のあった、聖マルグリートの頃を憶い出すのである。

その頃は、折々監守の眼を盗んでは、自分の名を、リンネルの布や銀の皿などに書き記して、それを格子窓から浜辺に投げたことがあった。けれども、渚までの距離があまりにも短かかったので、人々が、仮面姿を認めて、馳せ付ける頃にはなかった。湧き立つ波頭に、羽毛のごとく、弄ばれて、遠く沖合に消えゆくのを見るのみであった。それを想うとき、仮面の顎には、泣いているような皺が波打ってゆくであろう。

事実、その海の底には、いまも無限の哀傷を湛え、静かに眠る、仮面の男の顔が横たわっているのだ……。

その物語の影響は、古い家に住む、私にはことさら酷かった。はや、巻の中途で、胸が轟きはじめ、おずおずと這い寄って来る、幽愁の気に耐らなくなるのだ。

そうして、無限の感動に酔い、人に、仮面に、あの見知らぬ男の終焉《しゆうえん》を知ったのではあったけれど、また反面には、かほど奇怪な、陰惨な悲劇が、よもや二度とは続くまいと信じられもした。

ところが、その後時とともに、私の考えも、だんだん変ってゆくようになった。それは、人ではなく、仮面そのものが、後代の秘密警察に、いかなる影響を及ぼしたかと云うことである。

事実、ルイ十四世朝には、秘密警察時代の名もあるとおりで、その制度の創始は、たしかに、一つの歴史をつくった、のみならず、その苛烈さを語る、恰好な例として、いつも、鉄の仮面は定紋視されているではないか。

しかも、その伝統を、今なお追っていて、各国の政府が、間諜、暗殺、秘密監禁などの魔手を、公々然と振っている以上、たとえば此処に、そうした奇怪な囚人が、二人三人現われ出ようと、あながちそれは、蓋然率の上で咎むべきではないとさえ信ずるようになった。あの、闇の世界に君臨して、狂暴、残忍、兇悪の限りをつくす絶大な権力——それを知る私には、ただ一度の機会と、そして、光りが欲しく思われて来た。ところが、予期にたがわず、此処に、二人の鉄仮面が現われることになった。

ルイ朝に次ぐ、二人の鉄仮面――。

それを聴いたとき、読者諸君は、駭《おどろ》き惑いのあまり、平凡な、日常生活から急に飛躍して、荒唐無稽な、神秘不可思議な世界に、移されたのではないかと疑うであろう。なるほど、真昼の幽霊に接した経験のないわれわれは、むしろ浅薄な、滑稽な感じの方が強く、まるで千一夜物語《アラビアンナイト》の磁石の山の話でも聴く心持がするのだ。

船の釘が、一斉に吸い付けられて、あっと云う間もなく、シンドバッドの船が砕け散ってしまうその話は、ちょうど第二第三と銘打たれる、鉄仮面のそれに髣髴としている。

けれども、秘密警察と云う、変則の額縁から眺めてみると、それは絶対に、奇怪な戯画ではないのだ。

しかも、仏蘭西《フランス》の人事録法、旧帝政露西亜《ロシア》の秘密警察組織、プロシャのシュティベル法、墺太利《オーストリア》では、メッテルニヒに編み出された衛戍区組織など、悪業の限りをつくす、闇の手を知れば知るほどに――そくそくと迫る、現実の恐怖を斥けかねるにちがいない。

事実、この物語は、神と憐憫と慈悲の敵――秘密警察との闘争で貫かれている。

けれども、そこに類を絶した冒険があり、謎に謎を重ねる。殺人事件で装われているとは云え、もともとより以上の魅力は、あの予測もできぬ暗合の神秘にあるのだ。

実に、端を肥前五島の殉教史に発して、改宗尼僧の秘蹟から、その後現代にまでも蜒々と絶たれぬ暗合の糸——いまや、二人の鉄仮面をつなぎ、更に、南九州の一角を、陰謀の渦に捲き込もうとしている。それが、この一篇の主流、大伝奇の琴線であって、物語中、もっとも驚くべき奇異な点なのである。

けれども、飽くまで貪婪な作者は、その二人の鉄仮面に就いて、順序通り語ろうとはしない。まず第三のそれを明かにし、逆に第二の史中人物は、第一篇の末尾に置いて、そこに凄まじい劇的頂点を盛り上げようとするのだ。

さて、その第三の鉄仮面とは何物か、また、秘密警察などと云う、奇怪至極な存在が、この日本の何処にあるのであろうか。

諸君よ、私が次に語る、闇の手を導調として、おどろとひしめき狂う、底流の轟きに耳を傾け給え。


……………………………………


一九三×年四月二十一日の払暁頃——。

白みかかったが、まだなお深々と蒼い空、地上は暗く、葉末には、微かに黎明の戦慄が顫えていた。空には、星と交わるような、雲雀《ひばり》がただ一羽、しかも、小さなその一点に、ちょうど止り木とも見える一群の煙突があった。

地平線に近い、東の空の閃めく暁の明星の下に、黒いがっしりとしたものが蹲《うずく》まっているのだ。

曙は、まさにそこから始まろうとしている……。

真暗な、伽藍のような、極東紡績川崎工場の屋根が、ほんのりと薔薇色に染《にじ》んで来た。と、その頃、隅の通用門がギイッと押し開かれて、何とも分らぬ奇妙な恰好をしたものが現われ出て来た。

星の光、小鳥の歌、風の溜息、花の香り――たがいに贈り合う春の息吹に明けゆこうとするとき、地獄に向う最初の轍が印されて行ったのである。

それは、今どき稀らしい、一台の荷積馬車であった。

馬の嘶《いなな》き、車輪の響、鞭の音が薄闇の中でしていたが、やがて国道近くで、姿がはっきりとなった。その奇異な馬車は、朝霧を乱して、力のない速歩を踏んでゆく。と、内部に、サーベルらしい閃きが見えた。

しかも、中央に据えた、人容のものを取り囲んでいて、みな夢の洞からでも出て来たような顔をしている。黙って、車の動揺に身を任せて、朝の冷気に真蒼な顔をしているのだ。

その死体が、極東紡績川崎工場で、はじめて悪疫に斃れた最初の男なのであった。

その男は、前日の午頃、軽い悪寒を感じたが間もなく嗜眠状態となり、全身が鉛色に変って来た。そして、僅々十時間足らずのうちに、激烈な肺出血を起して斃れてしまった。と、間もなく、夜中工場の周囲には、厳丈な鹿柴《ろくさい》が施されて、始業を知らせる、汽笛の音も聴かれなくなってしまった。

と云うのは、検鏡の結果、その男の死因が、劇症黒死病《ペスト》と決定されたからである。そうして、川崎全市は曙とともに、怖ろしい黒疫《ペスト》の翼に覆われてしまったのであった。しかし、その翌々日、今度は、同じ会社の吾嬬工場に現われたので、ようやく、それまでは不明だった、伝染経路がはっきりとした。それは、最近入荷した、孟買《ボンベイ》綿花によるものなのであった。

かくて、帝都は、暗澹たる死の恐怖に包まれた。予期されるものは、ただ突然の、そして急激な死の出現のみであった。

その日のうちに、吾嬬町の一部は、厳重な交通遮断をされて、市民はその一角を、獰猛な暗《やみ》のように見て、怖ろしがっていた。所が、次の朝は、小石川小日向台町に飛んでいて、夕方までに、四谷の伊賀町まで、点々と数十ヵ所の発生を見た。猖獗地に近い、劇場や盛り場はみな大扉を下して、人々は、家の中に閉じ籠って顫えていた。

耳を澄すと、遠く近く、聴き分け難い、ものの響が伝わって来る。騎兵だ、戒厳令だ、内乱だ——と、苦しい、悲惨な亢奮のなかで、脳がしきりと夢想をはじめるのだ。死の恐怖の、底を乱して、立ちのぼる濁りのように、さまざまな流言が、風のごとく行き過ぎてゆく。

　そうして、その夜のうちに、倉庫もろとも、綿花の山が焼却されることになった。一刻一刻と、暗が濃くなるに従って、その焔が、帝都をますます物凄い色に染めて往った。

　と、その頃、外濠に沿うて、一台の警察自動車が走っていた。内部には、法水《のりみず》麟太郎をはじめ、支倉《はぜくら》検事、熊城捜査局長の三人が揃っている。しかし、法水の眼は、眼下の深淵を、静かに落着いて覗き込んでいるように、冴々としていた。

　その云うのを聴くと、まるで黒疫の背後に、ある何者かの手が働いているような口吻だった。

「ねえ御両人、君たち二人は、細菌が細菌であるが故に、伝播したと云うが、僕の説は、聊《いささ》かちがうんだ。で、その手っ取り早い話が、今日の発生個所さね。僕は、それに、目的意志があると、見て取ったよ。決して、今日のは、自然のままの伝染じゃない。そこで、試しに、小日向台町から順ぐりに線で連ねてみた。すると、やや歪んだが、Sの字になった。そして、二ヵ所残った切れ目が、士官学校に兵器廠跡となる。どうだね、もし、この二ヵ所に発生したとしたら……そうなったら、Sが8になってしまうぜ。むろん、その一角は黒疫の壁で包囲されてしまうんだ」

「話は、いかにもよく分るがね。しかし、君の云うS字形も、元来偶然に出来たものじゃないかと思うよ。一体、細菌を使って、誰が何をしようと云うんだ」

街路には、濡れた鋪石の上に、遠い炎の反映が赤々とうつっていた。歩道には、動いている人影一つなく、そこは、廃墟のような静けさであった。

所々、間を置いて、防寨が朧ろな明るみの中から浮き出ている。

そして、その奥は、靄深い、重々しい茫漠たる闇であった。法水は、喪心したような眼を返して、

「では、此方から聴くがね。そうして包囲されてしまうと、内部の居住者は、防寨から外へは一歩も出られなくなってしまう。出たら最後、その場去らずに、射殺の憂目を見なければならん。所が、何と云う事だ。明日は、臨時議会の開会日じゃないか。開期僅か四日の間に、特殊工業利得税と云う難物が審議される」

「うん、高峯陸相が、軍需工業者に下そうとする、あの鉄槌か……」

「そうだ。そこで熊城君、君に一つ、この点を考えて貰いたいんだ。この黒疫の壁が、もし出来上った時にだね。その時、朝野の議席に、いかなる変動が起るかと云うことだ」

その時、車が士官学校の前を通り過ぎたが、二人の眼は、何者かに止まって険しくなった。

そこには、いつ発生したのか、隙間なく重畳と張り繞《めぐ》らされている防寨——あの、徐々に拡がってゆく、悲しい帯が眼に止まったのである。そうして、Sの一端が、ついに完全な円となった。

法水は、ブルッと身慄いして、

「これで、僕にもようやく自信がついて来たよ。自分の考えたことが、決して杞憂でないとは判ったが、思えば、痛ましい勝利じゃないか。そこで、さっきの続きだがねえ。結局、黒疫の壁が、特殊工業利得税法案を否決してしまうことになるんだ。だって、考えてみ給え。あの二つの区域には、与党憲政党の代議士が十七名と、反対派の国友会代議士が、六人住まっている。すると、八人の小差に過ぎない、朝野の優劣が、そこで俄然覆えされてしまうだろう」

「そ、それじゃ君、一種の暴力政変《クーデター》じゃないか。君の話は、聊か博物館過ぎるように思われるが……」

と検事が、眼にチカッと非難の色を泛べると、

「そうさ。砲列を敷いたり、分隊が太鼓を鳴らしたり、三角の帽子をかぶった連中が、議会へ押し寄せて来ないまでの話さ。形こそ違え、暗中に策謀している一味がある。所で、あの利得税法案だがねえ。あれは実に、歴代内閣の癌と云われたものだよ。目下の赤字財政を、打開する道は、軍需工業者に課する、あの一途しかない。所が、い

つも上程の、風説だけはあるのだがね。きまって、議会期になると、噂の湯気が一筋も立たなくなってしまうんだ。僕は、背後にある、巨きな暗の手を感じていた。しかし、こんな、一個人の義憤なんざあ、物の数じゃないよ。そこで熊城君、その法律案の通過で、誰が一ばん痛手をうけるか、考えて見給え」

「そりゃ、むろん、茂木根合名さ」

ときっぱり云い切った熊城の顔に、見る見る竦《すく》んだような影が差した。

「すると君は、黒疫《ペスト》を踊らせているのが、茂木根合名だと云うのかね」

茂木根合名会社は、軍需工業の全線に渉って、むしろ独占会社とでも、云いたい威力をほしいままにしている。

その麾下には、日本内燃機、極東製鋼、九州軽金属、茂木根航空機製作所などがあって、年二億円以上を、その案の通過によって吐き出すのではないかと云われている。

法水は、頰に紅潮を上せて云った。

「そうとも、茂木根以外に、こうまで怖ろしい力が、他にあるもんじゃない。茂木根の最高幹部には君たちのような、感傷家は一人もいない筈だよ、今どき、暗殺や買収を行ってそれで尻尾を摑まれるような、愚劣な策を採るもんか。彼等は、飽くまで冷血だ。自分たちの貸借対照表を守り、あの案の通過を阻止するためには、慈悲も憐憫も、へったくれもあったもんじゃないんだ。この混乱の中で、あの財閥の頭脳はまさに最高の能力を示しているんだ。君、君、ラスコルニコフが、一体何と云ったと思うね。君はナポレオンを、一口に犯罪者と呼べるかね。こうして、毎日、千以上の棺桶が作られてゆくのを——それが君たちに、殺人という字画を泛ばせるだろうか」

法水は、喘ぐような息をしながら、暫く黙っていたが続けた。

「もちろん、一つや二つの紡績工場などは、てんで問題じゃないよ。茂木根合名は、あれで小三千万の、痛手をうけたように思うだろうが、どっこいそうじゃない。一九八円ドタから、釣瓶落しになった新東を売って、その倍も、一日に儲けているんだ」

その時、一隊の騎兵が、馬を並足に進ませて通って行った。

黙々と過ぎてゆく、サーベルの光りに、事態の急迫を思わせるものがあった。遠くかっと、赭っ茶けた炎が、一種云いしれぬ凄味を、旗の色に添えている。

検事は、吐息交りに、そっと呟いた。

「ああ、いよいよ茂木根か……」

その声音には、どこか、臆病な犬の、それに似たものがあった。

いどみ掛ろうとしたのが、急に、相手の強大に怯えて尻尾を捲く、あれであった。到底及びもつかない——そう云った、弱々しい諦めの色が、検事の顔にも滲み出ている。

では、何故かそれは——此処で作者は筆を換えて、茂木根合名に関する、概述だけを残して置きたいと思う。

茂木根合名の先祖は、茂木根の衆とも呼ばれて、薩州の西北隅上宮岳《かむいだけ》に蟠居する、野武士の頭領であった。その版図は、西方浦の海岸にまで伸びていて、それからは、上甑《かみがめ》の島が鵜の鳥のように見られた。

しかし、今津公と、領土を接しているにも拘わらず、なぜ永い間、蚕食の憂目を見なかったかと云うに、それは、その一党に採鉱の天稟があるからであった。

毎年今津公に、巨額の賦金を支払う傍わら、秘かに、西班牙《スペイン》船と密貿易を行っていたので、茂木根の郷は、やがては黄金のために、埋もれてしまうのではないかと噂されていた。

その茂木根の家は、古くは武田の落武者とも云われ、後に勘兵衛流の、軍書なども発見されたほどであったが、寛永の頃、切支丹の教に入って、代々の子女には、洗礼名を付けるのが慣わしになっていた。

現に、ただ一人残る得江子《とくえこ》老夫人にも、マルタと云う、その名が冠せられているのである。

そうして、茂木根の族党は天険によって、隠密の覗うことすら、許さなかったのであったが、そこが神秘郷と目され、今津の土民でさえ山怪の衆と呼んでいたに就いては、ここに二つの理由があるのであった。

それは、茂木根一家が、所謂多毛族《ハーリゲ・ファミリー》であったからだ。胸から腿にかけて、女でさえも、硬い、短毛が密生していた。その肌触り、天鵞絨《ビロード》の艶々しさに、病んだような、感覚を起す近代人ならばともかく、その噂は、ますます今津家の領民に、怖ろしく思わせた。

また、もう一つ、茂木根の衆は、早くから和蘭《オランダ》風の調練を学んでいたのである。群青色の陣馬掛けに、粮嚢《ランドセル》を背負った軽卒共が、大隊《バタイヨン》とやら云う、兵列を組んで調練をする。軍鼓の音につれ、戦隊順次、粧隊順次などと呼ばる中隊長《カピタン》を見ては、ますますこの族党に、奇異感を加えたにちがいなかった。

そこで、茂木根一党の興亡の跡を辿ってみると、そこには、一度の内争があったに過ぎない。

ちょうど、享和の四年に、兄の当主球磨太郎が、弟織之助の住む、鎗打砦を攻め落したのみで、その後は波瀾もなく、巨富を抱いて、維新の峠も無事に越えた。所が、欧州大戦中に、端なくも茂木根家興隆の機運が訪れたのであった。それは、先主の鎌七郎が、将来全産業を、縦断するものと見込んで、炯眼にも航空機工業に手を染めたからである。

それまでも、小規模な飛行船工場を持っていて、ヴィーユ・ド・パリー号などの、初期軟式を輸入したのも、その人であった。

しかし、昭和になって、日本の戦備時代に入ると、茂木根の章魚肢《たこあし》は、たちまちにして軍需カルテルを作り上げた。そして今ではヴィカーズ、シュナイダーなどと、併称されるまでの偉観を呈するようになってしまった。

九州は、茂木根の富で、南が沈み北が浮き上ると云われているのであるが、その茂木根の本家は、先主が死んで、一人老母の得江子が残るのみであった。

そして、合名の仕事は、四人の旧臣が合議して行っていた。それを、寄輪《よりわ》四人委員会と呼んで、その決議には日本財界を指呼するほどの威力があった。

しかし、後継者のない悩みが、結局、茂木根一家に暗影を投じていて、早くも、四人の委員に野望争いまで噂されるようになった。

さて、最後に、四人委員会に直属している、秘密機関のことを語らねばならない。

元来この国は、朋党意識の強いところであって、もともと、一県一党など云う、政党時代もあった。

所が、茂木根合名の手で、直轄工場が、悉く膝下に集められることになると、俄然県全体が、その工場地帯と云う感を呈してしまった。人口の五割七分までが、茂木根の事業に関係があって、今では、国中国と云っても過言でない。

昔の城下町であった、寄輪を一都市とすれば、薩州全体は、裾を遥かに引いた郊外とも云えるであろう。

そして、そこには、秘密機関が置かれてあって、茂木根の事業の、円滑を計るため暗躍が続けられている。

しかし、それが、いかなる人物によって、統率されているのか——その秘密は、いまだに杳《よう》として窺い知るを許されない。そして、蠍《さそり》のような、この一団の向うところには、曾つて一人の敵もなかったのである。

内閣も議会も、茂木根の手に逢っては、蠟のように曲ってしまう。すなわち、この秘密機関は、茂木根の暗黒面を代表する破壊隊《ラッケテイア》なのであった。

それを、法水が、暗に仄めかしたとき、検事の紅潮が、見る見る白けて往ったのも無理ではない。

「到底、駄目だよ。僕等なんぞの手が、どうして、彼処まで届くもんか。例えば、そうにしても、あれは、不死身の章魚だからね」

「なに、これまでに分っている、民衆の敵でもか」

法水の顔が、いきなり険しくなって、

「あれは、ロベスピエールの云う『不義且富める者《モーヴェ・リーシュ》』だよ。伊太公に云わせりゃ、屠殺じゃないか。まさか君は、裏梯子からこっそりと導かれて、あの毒虫の、粘液を甜《な》めさせられたんじゃあるまいな」

「何を云う」

しかし間もなく、怒りの色が、弱々しい苦笑に変って往った。

「いや、実を云うとね、別の意味で、僕は甜めさせられたかも知れんよ。今朝辞令が下りて、僕は、広島控訴院の次席に転任だ。しかし、驚くじゃないか、熊城君も、捜査局から官房主事に栄転なんだ」

「栄転……」

その言葉を、しばらく唇の間に挟んで、法水は一言も発しなかった。闇を縫い縫い伸びる大章魚《おおだこ》の肢――その吸盤が、この二人の上にかぶさろうとは、思いもよらぬ事であった。

彼は、舌を硬ばらしながら、心の中でこう呟いていた。

「いよいよ、二人を失って、この法水も、街頭に立たねばならぬか。もともと私立探偵は、公けの機関で認められているものではない。この二人がいたからこそ、これまで司法権と、腐れ縁を続けて来たのだ。あの大章魚の吸盤が、とうとう法水を、孤独にしてしまったぞ。しかし、官権を離れて、あの大章魚と闘えぬほど、お前は骨抜きの意気地なしか。行け、裸かの腕を振って、街頭に立て!」

彼の眼が、じっくりと充血して、膝頭が、異様に顫えて来た。そこへ熊城が、ポケットから一通の封筒を抜き出して、

「実は、後から思い当ったことだけどね。諜報部から、瀬高《せこう》十八郎宛の、この外信が

廻って来ると、その翌日は、もう辞令にお目にかかってしまったんだ。君が、瀬高十八郎の名を知らぬ道理はあるまい。もともとは養子だが、瀬高家に来て、あの四人委員会を、一手に切り廻している利け者だ。茂木根の瀬高か、瀬高の茂木根かと云われるほどじゃないか。とにかく、開いて読んで見給え。内容は、てっきり君の趣味なんだからね」

手に取ってみると、最初眼に触れたのが、独逸《ドイツ》ハムブルグの消印だった。所が、内容は、白紙の上に、次の数字が並んでいるに過ぎない。

「こりゃ、何でもない。伯林《ベルリン》取引所の株式建値じゃないか。君は茂木根が、国際的投機師なのを知らないのか」

三月一日後場

ハムブルグ船渠	208	馬克	50	片
	202	〃		
	208	〃	60	〃
ミユンヘン醸母	118	〃	20	〃
	164	〃	40	〃
	121	〃	10	〃
ドレスデン製鋼	286	〃	70	〃
	342	〃	50	〃
	279	〃	10	〃
	351	〃		
ブレーメン穀肥	99	〃	40	〃
	71	〃		
	89	〃	80	〃
	69	〃	30	〃
	101	〃	20	〃

法水は不興気に云い返したが、何と思ったか、それをこっそり、衣袋《ポケット》に滑り込ませてしまった。

その時既に車は猖獗地を離れていた。そして、見附を過ぎ、平川町の暗い屋敷町を走っていた。

彼は、一つ大きな伸びをして、運転手に、永田町の好楽会堂につけるように云った。

「それでは、此処で別れることにしよう。お名残り惜しいが、公式に君たちと手をつなぐのも、今夜限りだよ。何だか、消毒薬の匂いに、斯う向って来てね。それを追っ払ってくれる楽の音が欲しくなって来たよ。予約を取ってもあるし、まだヴォルフには、きっと間に合うと思うんだ」

しかし、降り立って、ひとり舗道に立つと、法水は、何とも云いようのない淋しさを覚えて来た。なに、茂木根の秘密機関と闘うって、冗談じゃない、お前は、入道雲を射ようとしている、子供みたいなものじゃないか——。

と、次第に熱も冷めて、先刻検事の顔に見たと同じ、弱々しい微笑が浮び上って来た。

第一篇　豪華船を追うて

一、影だけの女

その夜は、楽堂《ホール》の灯をじっとりと包んで、細かい茶色の雨が降っていた。楽堂には、芥川稲子と大津賀十郎の二人が組んで、あの空前の一対と云われる、二重唱会が催されることになっていた。

ところが、入口で、濡れた外套を脱いでいると、かねて見知り越しの支配人が、ポンと法水の肩を叩いた。

「いや、法水さん、今夜は何とも、あやかりたいもんですな、実は、昨日妙な御婦人がやって来ましてね、それが貴方、予約席の名前を調べたまではいいんですが、わざわざ撰《よ》りに撰ってまで、場所の悪い、貴方の隣りにして呉れと云うんでしたよ。それに、貴方を跨いで、席を二つ取ったと云う始末です。いやいや、その御婦人の名前は、一向に存知ませんのですが……」

と、妙に唆《そそ》り勝ちな言葉を云われたのだったけれど、さして気にも止めず、やがて番組の第一、フィガロの二重唱が終った。

それが、彼にとって、陶酔以上のモツアルトだったせいか、その間、隣席に起ったことなどは一向に知らなかったのである。中途で、微かなオー・ド・コロンの匂いがしたことも、それが、終りに近くなって、スウッと遠ざかって行ったことも、だんだん夢の、またその中の夢のようにしか意識されていなかった。

ところが、明るくなると、ふと彼は、思い出したように左右の座席を見た。

そこには、人影はなく、たしか今、少女らしい髪の匂いがしたかと思われた左手の席に、一枚の番組が、しょんぼりと手提げの上に載っていた。

しかし彼は、一旦は返そうとした視線を、急に思い止めて、その一枚のものを、穴の明くほど見詰めはじめた。と云って、それには、人目を引く何ものもない。ただ、装飾の薔薇の花枠に、子供らしい悪戯がされていて、それが鉛筆で、黒々と塗り潰されているだけである。

ところが、よく注意してみると、上辺に一つ、塗られていない蕾があった。

法水は、その仄白い、乳首のようなものに、先刻支配人から聴いた、不思議な婦人を結び付けた。そして、底秘かに通い合う、何ものかがあって、今にも、膨らもうとする、花弁の囁きが聴えて来そうに思われた。

彼は、両腕を組んで、黙々と考えはじめたのである。

その時、場内の電灯が一斉に消えて、フットライトが緞帳の裾を蹴あげた。すると、眩しさに瞬《また》たいた、真青な残像の中から、もくもくと呼吸付《いきづ》いてくるものが、現われて来た。

彼は、その薔薇の蕾から、ふと、花言葉の意味が囁かれたような気がした。

他が塗り潰されていて、ただ一つだけ、しょんぼりと残っている、薔薇の蕾——。

その、孤独の薔薇の蕾から、「お目とめ下さいますよう《アイ・クレイム・アット・リースト・ユア・エステイム》」と云う、言葉をかけられたように感じた。

それでは、その婦人が、一体何を見よと云うのであろうか。そこで、薄闇を幸いに、ときめく胸を鎮めながら、番組の端を摘《つま》んでそっと引き上げた。

すると、その指を滑って、真白なものが、座席の、暗い紅の上にパラリと落ちた。

それが、何あろう、一枚の角封だったのである。

そこで彼は、その不思議な婦人に、はじめて興味を引かれ、やがては舞台よりも、空の座席を気にするようになった。

所が、その婦人は、番組の終り近くになっても、姿を現わさなかった。そして、いよいよ最後の、「リゴレット」の二重唱になった。

その時、今の花言葉に使嗾《しそう》されてか、彼特有の不思議な神経が働きはじめた。

歌の波に乗って、夢の泡のように、浮んでは消える符表が瞼に浮ぶと、その抑揚高低が、いつとなく、さっき見た相場の数字に結び付いてしまった。高く低く、旋律の描く美わしい抑揚で、彼は、その数字に罫線を引きはじめたのであった。

最初は、二〇八馬克《マルク》、次は下って、二〇二馬克に、それから、また上って、二〇八馬克――アッ、Vの字が出来た。それに力を得、続く三つを踊らせてゆくと、結局、VANWと云う、四字を得たのであった。

最初の三字は、どうやら、VANとも判読出来るが、さて、終りのWには、一体何の意味があるのであろうか。

「フウム、VANWか」

彼が、思わず口に出したとき、右手の席から揺いだような気動が起こった。

さっきの婦人がいつの間にか戻っていたが、左の席は、いまだにがらんとしている。すると、一度は消えかけた好奇心が、また燃え上って来て、矢も楯もなく、薄闇を幸いその封筒を手に座席を離れて行った。

そして、休憩室の片隅でこっそり取り出してみたとき、その指が端を摘んだままブルッと慄えた。

実に、意外にも、それは先刻、熊城から受け取ったばかりの、あの封書だった。茂木根合名の利け者、瀬高十八郎宛に漢堡《ハンブルグ》から送られて、彼がいま、たった今、歌に乗せて、数字を文字に変えた、建値表であった。

するると、あの婦人が、彼の内ポケットから、抜き出したことだけは明らかであるが、そうすると、花言葉を、彼に囁いた意味が分らなくなってしまう。花枠を消して、蕾一つを残したのも、ことによったら、彼処にいた無心な少女の悪戯ではないか。彼の手から、この封書を奪ったに就いては、そこに何か、重大な意義があらねばならぬ。と、どんなに焦《いら》だっても、頭の芯へ、揉み込めば揉み込むほどに、却《かえ》って、陥りゆく泥沼の深さを知るのみであった。

そして、あの婦人が、もしやしたら茂木根秘密機関員の一人ではないかと思うと、はじめて彼に竦《すく》み上るような恐怖が訪れて来た。

闇さながらの深さ、予測も出来ぬ不思議な力——彼は、駸々《しんしん》と迫って来る大章魚《おおだこ》の魔手を感じながら、遠く、緞帳の蜒《うね》りをぼんやりと瞶《みつ》めている。

間もなく、舞台が終って、拍手と共に、客席がざわめき出した。彼は、出口の雑沓に揉まれながら血眼になって、婦人の影を、あちこち捜し求めていた。

ようやく見出した時には、少女を一台の車に乗せ、自分は、他の車の踏台に足をかけているところであった。

街灯の灯の薄らと散るあたりで、顔はしかとは分らなかったけど、好みの渋い、上品な和装だけが眼に止った。しかし、その婦人は、彼を強力な磁石のように、惹き付けてしまったのである。

それがもし、何者か分ったときには、不思議な一夜の意味も……また、茂木根秘密機関に対する、闘争の端緒が開けぬでもないと思われた。

そうして、深夜の屋敷町を、その二台の車が静かに滑って行った。

背後と前面で向き合っている、二人の男女は、一方は影のようであり、片方は石で出来ているかのようであった。街灯の前を通る度毎に、婦人の横顔が、蒼白く明滅する。やがて、大倉紀念館の、暗い横町に入ると、その婦人は車を止めて地上に下りた。

その姿は、間もなく側《かた》わらの、闇に呑まれたけれども、闇中に影となり、忍びやかに従う男は、むろん云わずと法水であった。彼は、恐ろしい夢の中にいるような気持で尾行をはじめた。

それから、右に折れ左に曲り、端枝のようなZ形の道を辿って行くうちに、彼に漸《ようや》く恐怖の念が萌しはじめた。

それは、事によったら、一つの謎の中を歩んでいるのではないかと云うことだった。今まで、婦人の足の描いた線は、決して、尋常なものではない。事実、迷路のそれのようであって、惹き入れられゆく彼に、或は、意外な運命が訪れるのではないか。

いま斯《こ》うして、踏み出した一歩は、やがては最後の一歩になるのではないか。ああもしやしたら、自分は茂木根秘密機関の、内臓の中を歩んでいるのではないだろうか。

すると、その婦人の影が、いきなり動かなくなって、街灯の蔭に暫く立ち止ってい
た。が、やがて一枚の白いものを、ひらひらと地上に落して、今度は、急ぎ足に十四、
五間ほど行って、再び止った。
彼が、その紙らしいのを拾い上げて、街灯の光に透かしてみると、それには、次の
走り書きの文字が認《したた》められてあった。
――どうぞ今夜だけは、この儘お許し下さいましな。十月四日になれば、何もかも
一切が分ることですから。貴方様に、もしや御憐憫が御座いますのなら、私があの
角を曲りますまで、その儘そこにじっと動かずにいて下さいませ。
そして彼は、紙を斜めに、一本すうっと走っている、濡れ跡のあるのを認めた。嗅
いでみると、饐《す》えた、髪毛のような匂いがして、それが、女の涙であると分った。
彼は、そうして、謎の結び目深くに、捉えられてしまったのである。
彼女は、あの封書を、この衣袋《ポケット》から奪い去ったにも拘わらず、泣いて、今夜の許し
を自分に乞うている。それにしても、十月四日と云うこの日附には、一体どんな意味
があるのであろうか。
法水は、ただただ夢に夢見るような心持がして、自分の影を茫《ぼ》んやりと見詰めてい

た。

と、女の髪が、塀に沿うて、そと滑り動いたかと思うと、忽ち、疑問符のように口を開いている闇の中に呑まれてしまった。かくて、陰惨な、死の都の一角に起った、不思議な冒険が終ったのである。

所が、彼の帰宅を、ちょうど待ち設けていたように、そこには、二度目の駭《おどろ》きが伏せられてあった。

と云うのは、着換えをしようとして、何の気もなく内衣袋《ポケット》に手をやると、ふと、異様な手触りに、ハッと息を窒《と》めたのである。

一枚しか、ある道理のない封書に、二枚。しかも、硬い二つの角が、正確に触れてくるのだ。不審に思って、取り出したとき、彼は、眼が眩《くら》まんばかりの駭きに打たれた。

それは、奇怪にも、人間の智恵では、到底推し測れぬ不可思議なことであった。宛名から内容までそっくり同じなものが、二枚揃って彼の眼前に現われた。

しかも、瞳を定めて、なお詳しく調べてみると、意外なことに、その二つの日附がちがっている。一つはまさしく、熊城から受け取ったそれに違いないが、もう一つの方は、同じ漢堡でも、一九一八年十二月四日の日附であった。

「ああ、あの時奪い返した筈なのが、却って、婦人の手にあった、これを盗んでしまったのか。どうしてあの時、一応は自分の内衣袋を確かめて見なかったのであろう。返そうにも、もう、機会は過ぎた……」

法水は、自責の念に駆られ、頭が茫うと霞んでいて、ただただ深まりゆく疑問に唖然となっていた。

十八年前に、同じ瀬高十八郎に宛て、しかも、同文のこの封書――。それを、手にしている、あの婦人は何者であろうか。

いつ、解け合うとも知らぬ、謎の数々に、やがて彼は、じりじり溶け込んでゆくかのように酔わされて行った。

翌朝、眼を醒ましても、昨夜の幻は、しぶとく頭の底にこびりついていた。時々、女の輪廓が、ありありと現われるが、その顔は一度も笑わなかった。

唇は震え、名状し難い苦悩が、誰とも分らぬ、顔の中に見えた。返して、返して、貴方は盗んだのです――彼はその声を、聴くまいとして、はっきり聴くからと云って、自分の耳を痛いほど噛んでやりたい気がした。

しかし、あの封書を、もう一度吟味してみたら、或は何か分って来るのではないかとも思われた。そして、洋琴《ピアノ》の前に行き、前夜挟んで置いた、譜本の間を探したが、奇怪にも二枚の建値表は、一夜のうちに消え失せてしまったのであった。

ああ、昨夜ふとした錯誤で、舞い込んで来たものが、今朝はもう、一陣の風がその姿を吹き去ってしまっている。

「ない。盗まれた？」

彼は、くらくら眩暈《めまい》がして、思わずついた手の下で鳴る、鍵盤の音も聴えなかった。

その様子を、掃除に入って来た婆やが、不審がって訊ねると、

「実はねえ、婆や。誰か昨夜、この室に入って来たらしいのだ。起きたとき、戸締りに何処か外れていたところはなかったかね」

「それが、実は御座いますのですがねえ。湯殿の脇の戸が、開いて居りまして、門まで女の方の、下駄の跡が続いて居りますのです。昨夜、雨の降り止んだのが、三時過ぎで御座いますから、きっとその後だろうと思います。でも、何ぞ、紛失《な》なりものでも……」

「いや、大したものじゃないんだ。いいから、掃除は後にして、僕を独りにして置いておくれ」

そう云って彼は、暫らく黙然と朝の庭を眺めていた。しかし、そうした盲捜《さぐ》りの彷徨のなかに、彼はふと一つの閃めきを感じた。

それは、あの二枚の建値表――と云うよりも、彼が解読した未完成の文字に恐らくは予想も出来ぬ秘密が潜んでいるのではないか。また、昨夜の女は、やはり茂木根秘密機関員の一人であって、盗んだのは、即ち奪還を意味するのではないだろうか――

と云うことであった。

しかし、ともかく昨夜のことをと反覆してみると、寝ぎわに、一、二度洋琴を弾いた事が憶い出された。

古典好みの彼は、異様な癖で、電灯を消し、蠟燭を立てて弾奏するのが常であるが、最初の曲は、たしかリッデルの「風にて《バイム・ウインデ》」であって、次にフッスの「瀑布《ワッセルファール》」を弾いたような気がした。

美しいせせらぐような「風にて」とはちがって、「瀑布」は三連音符で、低音の強音が、急潭のように続いて行く。そして、弾き終ってから、その譜本の上に、あの封書を置いて、更にその上を、たしかシューベルトの、「聖母像《マリエン・ビルド》」で覆うたような気がした。

すると、何に思い当ったか、彼の眼が、燭台に向って飛んだ。

「アッ、これで、分った？」

そして、飛び付くようにして、右手の燭台に刺さっている、蠟燭を摑み上げた。それには蠟涙が蛇のように、くるくる蠟身を捲きながら、垂れ下っているのだ。

つまり「瀑布」で叩いた強いタッチが、この蠟燭の、底を浮かせたにちがいないのだ。

然し、譜台の上には、優しい「聖母像」が開かれている。そうすれば、聊かでも洋琴を知り、自分と同じ、古典的弾奏の経験があるものなれば、即座に、「聖母像」が弾かれたのでないことは、悟るに違いない。

分った、これが音楽家でなければ、誰が蠟燭に現われた、微妙な変化に気付くであろう。次第に暗い世界が、刻々と狭まってゆくように思われた。底のない淵の藻草が、まさにはっきりと見えたような気がした。

やがて、彼の頭の中に、いつかクラヴィアを弾いた、蓮蔵種子《れんぞうたねこ》の姿が浮んで来たのである。とうに、楽壇を退いてはいるが、たしか種子には、自分と同じ奇癖があった筈である。

その夜、尋ね当てた種子の家の門前に、法水は窺うように突っ立っていた。

私は、それを思うにつけ、つくづく宿命の手の、偉大さを考えぬ訳にはゆかない。この世の中の、あらゆるものは、一見なんの連鎖もないようでいて、その実、すべてに結び合った、事実の連鎖から成り立っているのだ。その尨大な機械の中では、一切のものが、歯車であり、滑車であり、曲柄《クランク》なのである。

更に、ルーレットを見るがいい。円盤を、黒と赤の扇形に染め分けて、針のついた軸木が、その上で廻転する。けれども吾々は、賭金をはり胸を轟かせるとは云え、ただただ偶然を願い、勿論その針が、どう動くかを予見することは出来ないのだ。しかし、万事は最初の一押しにあってその際の微妙な筋覚が、一切を支配してしまうのだ。

そう云った、筋覚の力、宿命的な偶然が、実に法水の行なうその夜の冒険にあったのである。

夜は、真暗ではなく、満月で、風に逐《お》われた雲の塊りが、その面を流れてゆく。そのために、或は明るく或は暗く、灯のない古い家には物音一つなかった。

彼が、猫のような手付きで、軽く門扉を押すと、突然掛金の軋る音が暗の中でした。動悸が、双の顳顬《こめかみ》から、鎚音のように聴え、手も足も、義手か義足のように感ぜられた。

彼は、崩れた白壁を、注意深く避けながら、雑草を踏み踏み裏口に廻った。その扉は、やはり音もなく、押されるがままに動いたが、そこからは、暗の洞からでも出て来るような、湿っぽい空気が流れ出て来た。

しかし、驚かされたのは、どこからとなく、朽木の匂いがぷうんと鼻をついて来ることだった。天井も長押《なげし》も、木理など分らぬほどに煤けていて、框《かまち》など、踏むそばから、ボロボロに欠け落ちてくる。板縁には、銀色に長く蛞蝓《なめくじ》の跡が続いていて、尾を曲げた鋏虫が脅やかすように見詰めている。

蓮蔵種子が、もしやして、あの夜の女でないにしろ、この家に住む彼女の生活は文字の通りの鬼気であった。

そこで、一瞬躊躇して、なおも注意深く耳を凝らしていたが、いよいよ留守を知ると奥深くに進んで行った。やがて、家具に乏しい書斎らしい室に出て、そこに洋琴と、一枚の写真が眼に止った。

「ハハア、これが種子の娘時代だな。一時はウイン帰りで散々鳴らしたものだが、今の生活は不思議以上だ。暗い影を持ち、暗に這いずり廻る、雌蜘蛛でもなけりゃ、この朽ちた家に、ただの一人で住めるものじゃない。きっと、楽壇から捨てられて、自暴自棄の末に、茂木根秘密機関の一人になったのかも知れない。女冒険家《アドヴエンチユレス》め、この泉のような面影、今は何処にありやだ。さぞ不健康な脂肪でブクブク肥って、頸に、紅いリボンなどを巻いて、宝石も飾るが洗滌器も使うと云う奴だろう」

彼は、ひとりで云い、ひとりで頷きながら、洋琴の側に進んで行った。そして、彼《の》女が果して昨夜の女であるかどうか――それを確かめるために、まず譜台の一冊を除けてみた。

すると昨夜自分がしたとちょうど同じように、そこからは大きな羅紗紙の封筒が、ボロリと落ちたのである。

「やはり、そうだったか、だが、やれやれ、これで漸く、疑問の一つを解くことが出来たぞ」

と、ほくそ笑みながら、その封筒を開いたとき、思わず、立てようとした叫びを危く噛み殺した。

内部には、文字のない光沢紙が一枚あって、それに彼の顔がぼんやりと映っているのだ。

敗北――彼は地響き打って、種子の隻手に叩き付けられた。勝利の絶頂から、もんどり打って、敗残のどん底に堕ちゆく自分を見ると、もともと自尊心が強いだけに彼は震えるような屈辱を感じた。

そして、それから、戸棚と云わず、花瓶や長押の中までも調べたけれど、遂に二枚の封書は発見されなかった。

「一体法水、これからどうするつもりなんだ。間抜け面を、この紙に残して、おめおめとこの儘帰るつもりか。まず、ともかく落着くことだよ」

と彼が、苦笑を洩らしたとき、さっき階段の上で見た、張り反古葛籠《ほごつづら》を思い出した。もしやしたら、あの中に張り隠されているのではないか――そう思うと、彼は危険を忘れてそのまま二階に上って行った。

それは、階段の天井から、太い紐で吊されていて、摑んだ連尺《れんじゃく》が、ボロボロと手に残った。が、やがて降して、灯りに透かし見たとき、彼は、この廃屋にある、一つの、全く別種の秘密を知ることが出来た。

ちょうど、灯りに向いた方の側が、火事のある夜空のような色で染まっていて、それには、次の仮名文字の跡が、たどたどしく印されてあった。

——わが悲運のほどを、書き記したくも、止め度なきことなれば略し、ただただわが名、ヨハンナ・ローテルリンゲンのみを末世まで止め置かんとす。われ、墺太利《オーストリア》ガスタインを領する、貴族の身なれども、子なく夫に死なれて、黒衣婦人の会に入りぬ。しかして一八一六年、東洋布教のために、福州に赴きしかど、途中難破して、ひとり五島沖に漂着せり——

と続いて、この尼僧を繞り、蜂起した、隠れ宗徒殉教の次第が記されていたが、一夜嵐の夜に救い出されて海上をいずれかへ運ばれて往った。それが、茂木根の衆の棲む、上宮《かむい》の郷で、即ち、当主球磨太郎の弟織之助の住む鎗打砦であった。

(作者より——以下の文章を、現代語に移して、ヨハンナの奇運を、耳親しい響でお伝えしたいと思う)

その頃は、若芽と一緒に、椎の木が孔雀のように羽を拡げて居りました。南の方、鬱蒼とした森の中には、鐘つつじの紅が、青葉を綴り、点々と咲き乱れているのです。しかし、晴れ渡って紫にまた紅に、そして陽が沈むとき、遠く火山らしい斜面に、いつか見たナポリの山を憶い出しました。そう云う時には、いつも十字架を取り出して、そっと頰に当てるのですが、すると鉄の冷えが、間もなく暖《ぬく》ばんで来て、ぬるっとした乳のような流れを覚えるのでした。

　と云って、私の現在は、決して不幸だとは申されません。砦の主を、まだ一度も見たことはありませんけれど、一人の侍女を付けられて、いま御恩寵を、あまねくこの身に浴びる快よさを感じて居ります。

　その侍女は、名を琴路と申しまして、甲斐甲斐しく、褥《しとね》も隣り、時には流浪の、この身を抱いてくれまして、私の堕ちゆく暗さを堰《せ》き止めてくれるのでした。

　ああ、尼僧たるこの身が、何としたことか。性の同じき、二人の恋人を、撚れ合う蛇のような、戯れ文字で描きたいのでは御座いません。琴路は、小枝にじゃれる小猫のように、私の胸の狭い戸を、窮屈すぎるからとて、開けようとしてくれるのです。

　私は、神の恵み、天国の静謐が、ああも星の光る、上天にあるとは存じて居りますけれど、いつか琴路の囁きが、私を花のように項垂《うなだ》れさせてしまったので御座います。

　琴路は、異境にひとり咲く、この寂しい花を燃やしてくれました。ああ、人の世の短い夏――秋の雨に、萎れゆこうとするこの葵に、一羽紅色の蝶が訪れてくれたのです。

　それからは、何と云う粗暴な、狂わしい夢を見続けていたことでしょう。所がやがて、私を無明の深淵に突き落した、あの一夜が参りました。

　誰もいないと信じて、浴室の扉を開いたとき、この眼に、一体何が映じたことで御座いましょうか。激しい動悸と共に、顔が火照ってきて、私はクラクラと蹌《よろ》めきかかりました。ああ、琴路は女性では御座いませんでした。

あの陽炎《かげろう》、ほんとうに陽炎で御座いましょう。××が、ペトリと肌に纏わり付いていて、蛇の目を暈《ぼ》かしたように×××××××××見えないのでした、私は、私は……永く隣り合わせた××、×××××、×××一夜がなかったとは云い切れまいと思いました。しかし、そうしているうちに、羞いも怖ろしさも、いつか身体からすうっと抜けてしまって、ただただ揺ぐ夢幻に、疼く乳房をギュッと圧えて居りました。

「ああ、あれが、女形とやら云う、噂に聴いた伎者《おぎもの》ではないかしら」と夢うつつの中で、呟くともなく口に出しますと、その時背後に当って、重々しい男の声がいたしました。

「そうとも、あれは花桐冠助と云うて、流れの伎者じゃ、嘆くか怒るか、どうだ。いっそ泣き喚いて計略にのった、おのれの愚かさを悔むが何よりじゃ」

その手は、はや私の肩を掴んでいて、男の吐く息が、嵐のように私の顔を吹き捲りました。ああ、はじめてこの砦の主、織之助を見たので御座いました。

大首で、髪をおどろに振り乱した、蠟のような顔――。素肌に、朱の陣馬掛けを羽織って、かねて聴いた、密林のような毛が、胸から下を覆うて居りました。

すると間もなく、うつつの私から、温みがすうっと遠ざかったと思うと、ゲェッと、聴くも凄じい叫びが、流しの方でいたしました。

その瞬間、稲妻のような閃きに、顔を覆うたのも暫し、のめり倒れた冠助は、見る見る朱の流れに覆われて行きます。

「どうじゃ。わしがこの紅葉の中を、歩もうとそちを誘っても、もう怖れて、否むことはあるまいな」

私は、瞬きもせず、織之助の胸をじっと見詰めて居りました。いつの間にか、帯が、身の丈より七八寸も余って、××××××××××××××。

あちこちと、飛び飛びになっていたのを、ようやく綴り合わせて、張り反古にある全文を読み終えることが出来た。

しかし夢幻的な、この物語よりも、なおまし、彼を昏迷の底に突き入れてしまったのは、この古い文書を知ってか知らずか、葛籠をいまも離さぬ種子のことである。

これが、茂木根の秘史とも云う、世にも奇異な遺文にはちがいないけれど、それを持つ種子と茂木根との関係が、何より訝かしく思われるのだった。そして、ますます種子の本体が分らなくなってしまって、謎と呼び疑問の女と呼んでも、なお且《かつ》尽きせぬ深さを覚えるのだった。

しかし、法水は、やがて冷静に戻ると、何とかして、あの二つの封書を捜し出さねばならぬと考えた。

「きっと、種子と茂木根との間には、何かしら予測も出来ぬ、関係があるに相違ない。そして、建値表の内容が、恐らく、茂木根の死命を制するものかも知れないぞ」

そして、焦だちながら、あれこれと繞らすうちに、ふと思い付いたのは、ポウの「盗難文書」であった。

そうだ、手近な平凡な隠し場所——そうだ、もう一度、あの洋琴の側に。そして、床に投げ捨てられている封筒を、また拾いあげて、今度はその厚い紙を、指先で捜ると、ゴツゴツと当る二つの手触りがあって、それが羅紗紙で二重に作られていた。

「これで、まず宜《よ》し——と。しかし、流石《さすが》に、大章魚の疣《いぼ》だけのことはある。種子の狡智たるや、実に驚くべきものじゃないか。まず、内容の白紙で眼を奪って置いて、その次に封筒の存在を、相手の盲点にしてしまう。そして、羅紗紙を二重に作って、その間に隠して置いたのか……」

法水は、こうして充分彼に、拮抗することの出来る人物が、何人果しているかと思うと、茂木根秘密機関の、底知れぬ力が恐ろしくなって来た。しかし、その夜は、種子との暗闘に勝利を占めて、意気揚々自宅に引き揚げて行った。

所が、一度廻りはじめた運命の歯車は、彼の裾を、しっかと噛みしめていて離さなかった。彼が、卓上灯の灯にかざして、羅紗紙の封筒をじわりじわりと剝がしはじめると、意外にも、予期も許さぬ、奇異なものが現われて出て来た。

それは、二通の封書であるにはちがいないが、あの建値表とは、似てもつかぬ別のものであった。

彼は、戦《おのの》く手で、内容を取り出したが、打ち続くあまりの転変に、思わず叫び出したいような衝動に駆られて来た。

「一体、この私は誰と闘っているのだろうか。茂木根秘密機関とか、種子とか、それとも、運命とか……」

二、寄輪《よりわ》の鉄仮面

妻よ――

貴女は、母上重態の報をうけて、ウインを去った。私には、その別離が、何よりも悲しかった。しかし、今になって想うと、それが却って、幸わせではなかったのかしら。

何故ならすぐ帰ると、約束はしても、結局この大戦が、帰還を不可能にしてしまったのだからね。こう離れてしまったが私には何より嬉しいのだ。

懐かしい妻よ、あれほど親しんで、別れるのを辛く思ったあなたと離れたのが、今の私にはこんなにも嬉しいのだからね。私は、この不思議な気持、まったく謎のような心理を、息のように、紙の上へ吹き込むことが出来たらなあと思うくらいだ。

ああ、何故だろうか。

しかし、これまでに、何度となく、私を襲って来たものは、不安でも恐怖でもなく、胸を裂いて、咽喉を絞めつけようとする、あの云い難い物狂わしさなのだ。けれども、私はやっとのことで、あの暗い舞台から去ることが出来た。

今ではもう、苦痛も悲哀も、波のように吹き飛ばして、あなたが身辺にいないのを、せめて——と思うようになった。

妻よ。

それは何故であろうか。此処にもし、進行の遅い病気があったとして、快癒も望めず、絶えず次第に衰えて行くとしたら、あなたは、その不幸な人間に、多分斯う云うだろう。いっそのこと一思いに胸を抉《えぐ》り抜いて、その苦痛を止めてしまった方がよいでしょう——と。恰度《ちょうど》、その後の私も、それと同じことなのだ。

私は、万に一つの——それさえ、多分、難かしかろうと思われる運命を課せられて、日に夜に、涯しない禁獄の生活を送っているのだ。

しかも、そこは、ウイン衛戍区司令部の屋上——窓もあり、部屋も美しいのだけれど、私の前途は、職場の俘虜や、囚人のそれよりも、なお一層暗澹たるものなのだ。

多分、こうした日は、未来永劫に続くことだろう。そして、やがては疲れ果て、病み尽きた身体を、名もない、墓標の下へ葬られるにちがいないのだ。

何故なら、貴女も知っての通り、私は半生の研究を、硬式飛行船操縦に捧げて来た。気象の変化に対し、殊に雷雨に対して、完璧な浮嚢《うきぶくろ》が頭の中で組み上っている。

それを知る独逸軍部が、墺太利政府を通じて、私に、ツェッペリン工場行きを強いるのだ。自由か、それとも、永獄の悲運を営《な》めるかと、絶えず私を責めて、日本と独逸とは、不本意な小競り合いを交えているに過ぎない。交戦国であるのを忘れよ――と云う。そして、近頃では、仮面をかぶり、誰やら分らぬようにして、工場へ行けと強いるのだ。

しかし、私はいまなお、頑強に拒み続けている。

けれども、貴女を思うとき、その決意も屢々《しばしば》鈍り勝ちで、何度かそうした危機に出合い、そして、切り抜けて来たか分らないのだ。

今は、未来と云う暗闇に対して、全く自信を失っている。もし、私が節操を枉《ま》げ、工場行きを承諾した際には、その時こそ、一人の仮面技師の存在を、貴女は聴くかも知れない。

そして、その仮面が、生死に拘わらず、多分戦後、貴女の許に届けられるであろう。しかし、今のところ、私には毫末も、そうする意志はない。

シャベルを振って、敵の塹壕を掘れるか……。

そして妻よ――

私は今でも、この部屋にいる。もう心も落着いて、自分と云う不幸な空骸《むくろ》を、じっと冷たい眼で眺めているのだ。

しかし、あの時から、私には昼も夜もなく、あらゆる世界が、この周囲から消え去ってしまった筈であるのに、今日と云う日は、まあ何と云う不思議な日ではないか。あなたと二人で、はじめてウインを訪れた日、ホテルの楼上から、小糠雨《こぬかあめ》に煙るケルントナー街や、シュテファン教会の尖塔を眺めたことがあったね。今日が、ちょうどそれなのだ。ああ、貴女の眼、貴女の唇、あらゆるものが私の心に迫って来る……さらば妻よ、また遇う日まで、心安く幸ある日々を送られよ。

そして、最後に、一九一七年四月十二日と書かれた日附と、R・Rと云う、略された名とが認められてあった。

読み下しているうちに、法水の手は震え、いやが上にも高まり行く、秘密の香気に恍惚となった。その人は誰か、ウインに幽屏されている、一日本人と云うのは、何者か。

彼は、冷たくなった紅茶を、一気に啜り込み、さっそく次の一枚を開いた。所が、その二つの間には実に十八年の歳月が流れているのだった。

前便で奥様は、噂をお聴きになり、寄輪市の郊外、茂木根家の望楼にいる、一人の鉄仮面のことをお訊ねで御座いました。

あの望楼は、往古の寄輪砦の跡で御座いまして、その辺りを、この地では、鳴鳥の里と呼んで居ります。所が、御良人ではないかと、お悩みの貴女に、端なく真相を、お伝えすることが出来るようになりました。

と云うのは、茂木根秘密機関の密命によって、その囚人診察の任が、私に降ったからです。

奥さまは、あの衛戍区組織を御存知でいらっしゃいますか。ドナウの流れや、頭盔《とつぱい》形《がた》の軍帽と共にウインを訪れると、一度は知らぬ間に洗礼をうけねばならぬ、あの秘密警察を――。そして、名も同じ日本の寄輪にも、茂木根のそうした組織があるので御座います。

そこで、望楼に着くと、早速監守長に案内されて、いくつか折れ曲る、石の階段を上って行きました。

私は、その途中、しみじみと永獄の鬼気を味わされたのです。何故なら、踏む靴音にも、どこか反響がちがっているし、羽目板は褐色に錆び、その色は、燻《くす》んだ馬肉としか見えません、そうして私は石壁の罅目《われめ》、刳形《くりがた》や葉形の飾りにも、すでに払い得ぬ荒涼の気が、とどめられているのを知りました。

やがて頂上に着いて、高廊に出ると、そこから、鳴鳥の里の集落が、一望の下に見渡せるのです。

しかし、その時から、私の胸は激しく脈打ちはじめて、今にも正面の鉄扉が、開かれるのを待っていたのでした。

奥さま——。

私は、あの際の激情を、今でも、どう綴ってよいか分らないのです。鉄扉の開くにつれて、思いもよらぬ美しい室が現われたのでしたが、私の眼は、その中央に、ニョキッと突っ立っている、見るも異形な男の姿を認めたのでした。

私ははじめて見ました。

はっきりとこの眼で、顔を覆うている鉄の仮面を見たのでした。

身長は六尺近く、着衣は、吾々と異らないものを、身に着けて居りました。所が、ふと腰を見ると、そこには、巌丈な鎖輪が結びつけられているではありませんか。

ああ、この美しい部屋も、悪業と悲惨の住家に、他なりませんでした。

もちろん、会話などは、片言一つ語るのを許されません。それから、診察を始めたのですが、それには、バスチーユの鉄仮面を見たマルソラン医師が憶い出されたように、やはり最初は、面の唇から突き出された舌を見たのでした。そうして、全身の診察を終えると、ふたたび秘密機関員の許に連れ戻されました。

ところが、その時不用意にも、私は患者の姓を尋ねてしまったのです、するとその男は、卓子《テーブル》の端を、ガンと一つ叩いて、

「そうか、それで君が欲しいのは、あの扉の合鍵と云う訳か」

と怒鳴りましたが、間もなく気色を和らげて、

「だが、本人を見たからには、止むを得んだろう。他言はならんが、とにかく、これだけ教えて置こう。よいか、あの男は、名をロレンツオと云って、以前近くで沈んだ、ファン・ワルドウ号の船客なんだ。実は半硬式の製作で、招聘した因縁もあってね。ああ気の狂ったやつを、飼い殺しにしているんだよ」

と、以前の気色はどこへやら云うのでした。

そこで私は、明白な結論を述べることが出来ます――あの囚人は、たとい如何なる浮説に包まれていようと、絶対に、友、蓮蔵路馬助《れんぞうろますけ》ではない――と。

一九三五年一月七日、寄輪に於て

医師　中之瀬耕安《なかのせこうあん》

読み終えると、法水は急激な疲労に襲われた。それは、固かった結び目が、漸く弛

んだと云う感じと、もう一つは、茂木根に対する、種子の関係が転倒したことであった。

もし種子が、秘密機関員の一人であれば、その仮面の男を、自分の良人かどうか、悩み疑う道理はない。すると彼女が、危険を冒してまでも、あの二通の建値表を、握りしめていなければならぬ理由が解らなくなる。

そうして、衣裳が変っても、依然として、彼女には女冒険家《アドヴエンチユレス》の名が離れず、深い深い謎の女であった。

種子の夫、蓮蔵路馬助は、果して仮面と共に、帰朝したのであろうか、また、改宗《ころび》尼僧のあの秘史は、いかなる糸で、種子と茂木根を結び付けているのであろうか。

彼は、ウインの仮面技師、寄輪の鉄仮面——と、あの色眩ゆい、悪夢の影にじわりじわりと酔わされて往った。運命の、ふとした戯れから、端なく種子の全貌が塗り換えられてしまったのである。

しかし、そのうち、光りに似たものが、ふと眼の前に現われたような気がした。それは、曾って数字を文字に移した、建値表のVANWであった。

もしやしたらこの四字が、いま第二の文中で見たVANWALDAU《ファンワルドウ》号ではないだろうか。VANとW—VAN・WALDAU——しかも、あの二枚の建値表は、一つが今年の三月一日、もう一つは、一九一八年の十二月になっている。おお、ファン・ワルドウ号の沈没は、一年を越えた、二月十七日ではなかったか。

と、二つの手紙の間を、考えが振子のように揺れはじめて来た。

——ファン・ワルドウ号は、一九一九年二月十七日に、東経一二九度八分北緯三二度四分の、鍋戸島沖で沈没した。その船に、もしや種子の夫、蓮蔵路馬助が乗船していたではないだろうか。

そうだ、二つの仮面——ツェッペリン工場の仮面技師、寄輪望楼の鉄仮面、種子が、夫ではないか、救われたのではないかと疑うのも、理由はその辺に介在しているのではないか。

第一、それを地理的に見ても、そうであろう。鍋戸島と茂木根の本拠寄輪の街とは、僅か十七里しか隔っては居らぬ。

しかも、路馬助の脳裡には、硬式浮嚢に関する、革命的な設計図が畳み込まれているのだ。事によったら、十七年間、茂木根の涎《よだ》れが、路馬助の顔に仮面となって張り付いているのではないか。いやいやそれは偶然の符合であろう。しかし、これほど、意味ありげな偶然があるだろうか。

それよりも、なぜ種子の眼が、今年三月一日付の、建値表に注がれているか——だ。鍋戸島沖二百尋《ひろ》下の海底に埋もれているあの船の事が、なぜ事新しく、漢堡《ハンブルグ》から通信されねばならぬのか。

と、鉄仮面以外にも、何か種子だけの知る、秘密があるような気がして来た。

そうこうしているうちに、まるで、恋を知らずに恋するように、異様な情熱が湧き起って来た。そして何より種子に遇って、曖昧模糊たる茂木根との関係を、はっきりせねばならぬと考えた。

彼は、そうして眠ることも出来ず、白けゆく薄明の中で、夜明けの雨を聴いたのであった。

翌朝には、昨夜の議会で、特殊工業利得税法案が、否決されたと報ぜられ、また黒死病の猛威も、すでに峠を越えたらしいと書かれてあった。

しかし、夜が明けると考えも変ってきて、何だかあの家が、種子の本当の生活でないような気がして来た。仮令《たとい》彼女に遇い、またあの家に、何度夜盗のような真似をしようとも、到底女冒険家種子の本体を摑むことは出来まいと考えられた。

そうして、面影を追い、心を砕いて、彼女の姿を捉える術もと悩んでいるうちに、ふと彼は、これが最後の藁とも云うものに気が付いた。

それは、例の羅紗紙の封筒であって、合せた内側に、コンテの素描が描かれていたのである。画題は「凪」とあって、風のない夕暮の漁村が描かれていた。砂丘を遠景にして、浜道には、網や乾魚を載せた簀子《すのこ》が並んでいて、その片側に、芝居小屋の幟《のぼり》がはためきもせず項垂《うなだ》れている。

「大して当てにもならんが、事によると、この画が光明にならんとも限るまい。署名はないし、どこぞと云って、指摘するような特徴もないし……幟に見えるのは、市村大邑に嵐賀五郎とだけか。だが、待てよ」

と、彼の眼が、不気味に据わって来て、やがて隠れている画家の名が発見された。それは、幟にある、嵐賀五郎と云う名が粋な洒落であって、つまり、凪と云う気味で、嵐の一字から風を除けばよいのであった。

「なるほど、あの山賀五郎か。しかし、あのボヘミアン画描きに、種子との関係は考えられんな。フフ、女冒険家め、山賀を御寵愛で、脂肪でも減らしているのかな。しかし、期待はもてんが、ともかく行ってみることだ」

その頃は、雨も小止みになって、西の空に蒼く補綴《つぎ》を当てたような雲切れがしている。山賀の棲んでいる、その一体は、羅典街《クワルテイエ・ラタン》と呼ばれて、市中で最も異国的な一劃であった。巴里曾遊の面々やボヘミアンな芸術家共の巣になっているのだ。

煤けた屋窓や煙突が、ニョキニョキ黒い影絵を空に描いていて、その附近は、露次や横町にも、巴里杏通りとかグロニー僧正街とか、いかにも豪勢な、巴里らしい名が附けられているので、何となく、淫売のぺぺやお転婆のデデや、痩せたミミのような娘が出て来そうな気がするのだった。

もちろん、権力と陰謀の蔭で暗躍を予想される種子とは、似てもつかぬ異様な存在なのであった。

そんな訳で、法水も暫しは躊《ため》らっていたが、ともかく山賀の室に入ってみる事にした。そこは画家長屋の一番外れであって、急な勾配の屋根に、採光窓がズラリと列んでいる。やがて彼は、目《めざ》した室の前に立った。

しかし、薄汚ないこの画室が、女冒険家種子と何の関係があろう。彼は、秘かに自分の好奇心を嗤《わら》い、扉をそっと細目に開いてみた。

北向きのその室は、採光窓に絞りが入っていて、どことなく薄暗かった。しかし彼は、そこに一人の、モデルらしい女を見た。

素肌に羽織った、無精着《ネグリージェ》をだらしなく前結びにして、白いくねりとした、魚のようなものが合せ目から覗いている。彼女は、解いていた髪を束ねてあげていたが、ふと鏡の中に何ものかを見てぎょっと振り向いた。

その途端、法水は心動が止まったかと思われた。ああ――種子――彼女を、しかも彼女を、しどけない無精着のなかで見ようとは――。

種子は、足をすぼめて胸を固く抱きしめて、暫く憎しみに燃えた眼を、じっと法水に注いでいたが、やがて、冷やかな嘲けるような声を出した。

「とうとうお捉えになりましたのねえ。今度は、何をお奪《と》りになりたいんで御座います？　御覧の通り指が硬ばって、洋琴《ピアノ》が弾けませんので、肌を曝してそれを生計にいたして居りますの。そ、そんな女を苦しめてまで、あの建値表を……」

　法水は、暫く口もきけず、曝け出された意外な正体を、唖然と見守っていた。今までは、権力と陰謀の闇に咲く、曼陀羅華とのみ思っていたのが、あの肌を見、四十近くまで、清浄と硬さを失わぬ水々しさを見るにつけても、いま食を求めて、ひしと喘ぐ姿が溜らなくいじらしくなって来た。

「いや、実はあの手紙をお返しに上ったのです。お詫びも申さなければなりませんし、私が茂木根と関係ないことも、御承知置き願いたいと思いまして……」

　それから、いろいろと法水の釈明を聴くにつれて、種子の顔にも、幾分和らぎの色が加わって来た。

　そして彼は、あの夜誰が薔薇の花枠を塗ったか、知ることが出来た。運命とは、元来そうしたものであるとは云え、この奇縁が、無心な一少女の手に、引き出されたかと思うと夢のようでもあった。それから彼が、細々あの夜の経験を物語ると、

「マア、そうなんで御座いましたの。実は、私も同様、貴方を茂木根の一人ではないかと疑って居りました。あの時、貴方がお呟《つぶや》きになったのを聴いて、いよいよ大章魚の手が、私にまで伸べられて来たかとぞっとなりましたの。あの暗号を知るものは、私以外、茂木根の外には御座いませんものね。実は当時、糊口の足しとも思って私、諜報部に勤めて居りましたの。洋琴なんぞ、生死の分らぬ夫がいて、どうして弾ける

もんじゃ御座いませんわ」

と、画架に両肱を凭《もた》せて、種子はひめやかに語りはじめた。その顔に、青い窓掛の影がひらつくのを、好もしく思いながら、彼は、今までの疑惑が泡のように消えてゆくのを眺めていた。

種子は、夫の帰朝を知ると、間もなく、乗船ファン・ワルドウ号が鍋戸島沖で沈んでしまったと云った。そうして、刻み込まれた名を、その後、瀬高十八郎宛の建値表に発見したのであった。

「これで、大凡《おおよそ》は、お分りで御座いましょう、あの暗号文は、港々から、ファン・ワルドウ号の出港を知らせていたのですから、私も、後で気がついて、一枚残っていた、あれを手に入れたので御座いました。ですけど、なぜ茂木根一家が、ファン・ワルドウ号の消息を知らねばならなかったでしょう。それを、どうして不審とは、お考えになりませんの。むろん一つには、茂木根のM・K・Kに対抗する北独逸ロイドの新航路を、破壊するのにあったでしょうけれど、何よりの目的は、佐藤績三郎の帰朝だったのですわ。当時茂木根の旧臣に、その人ありと云われて、云わば今で云う、瀬高十八郎の位置で御座いましょう。ですから、当然茂木根と云うよりも、ファン・ワルドウ号の沈没は、瀬高一人の意思で……」

「あっ、ちょっと、待って下さい。貴女は、あの船が、瀬高十八郎の手で沈められたと云うのですか」

法水が、眼を瞠《みは》って、驚いたように問い返すと、種子の顔も俄然引き締って来た。

「全く、そうなので御座います。それが、私の誤解でない事は、誰より貴方が御承知の筈じゃ御座いません？　今年になって、同文のものが、現に瀬高に宛てて来ているじゃありませんの。私は、あの思いがけない、二枚を見て、思わず躍り上りましたの。何故なら、北独逸ロイドでは、新造船にまた同じ名を付けまして、それが、三月一日に漢堡《ハンブルグ》を出帆しましたからです。あれには、四人委員会の、高井寿安、横山武吉の二人が乗って居ります。あの二人さえ、この世にいなければ、後は、瀬高十八郎の、振舞いたいが儘ですわ」

ああそうだ、ファン・ワルドウ号——北独逸ロイドの誇り浮べる宮殿《フローティング・パレス》、やがては海を圧して、豪華ホテル《オテル・ド・リユックス》の灯が日本の領海に輝くであろう。

と、彼の眼に、四万七千噸の巨船が姿を浮べて来ると、これからの舞台が、途方もなく大きなものに思われて来た。

「しかし、貴方のお話には、瀬高の手を証明する、何ものもないじゃありませんか。単に、疑わしいと云うのみの事で、僕は、全然別の意味か、それとも偶然の符合ではないかと思いますよ」

「偶然ですって……。でも、たとえ偶然にしろ、これほど、意味ありげな偶然はないじゃ御座いません？　貴方は、茂木根の快走艇《ヨット》の『西風号《ヴエスト》』を御存知でいらっしゃいますか」

「むろん、知ってますとも。あの五百噸ばかりの、縦帆船《スクーナー》がそうでしょう。ああ大きなものになると、もう快走艇とも、云えない気がしますね」

そう云って彼は、いつか檣《マスト》群の間に見た、「西風」号の姿を思い出した。

早朝の横浜港は、号笛や汽笛の響もなく、長い防波堤を、腕のように差し伸べて、眠っていた。ちょうど、その頃には、軽い微風が、どんよりとした水面に模様を刻みはじめ、それが戯れるように変化して行くのだ、檣は、横波に切られながら、縦列をなして伸び、船腹の、青や緑の塗料の色、白堊色の船室は、扇形に、または幾つかの輪に、絡み合って崩れ、消えたり逃げたりするのだった。しかし、空は刻々と拭われて、まさに、眼醒めようとする、港の全景がはっきりと見えて来た。と、恰度その頃、水平線の上に、ポツンと一つ毬毛のようなものが浮んだのである。

「オイ、あれを見や。俺らに取っちゃ、ザンジバル以来の『西風』号だぜ。あれが、日本にたった一つの巡航快走艇なんだ」

ノールウェーの、不定期船らしい檣の上で、睡たげな、とりとめのない歌を唱っていた一人が、仲間を顧りみて、そう云った。その男の話によると、「西風」号は五百噸ばかりの、快走艇としては、大型に属する、縦帆船だった。しかし、その時は、網目のような檣群に遮られていて、「西風」号の帆は千切れ千切れにしか見えなかった。舷側には、長い航海で、鹹気がしみ通り、瀝青《れきせい》の色も、どこかに疲れたげに褪せていたが、その独自な姿、軽快な、巨濤を蹴立てて躍る、鷗のような船体――。やがて、港の水を二つに截ち割って「西風」号は横浜に錨を下したのであった。

「しかし、『西風』号が、一体どうしたと仰言るのですか」

「それは、あの当時、鍋戸の近海を遊弋《ゆうよく》していたそうなんですから。そして、今も船渠《ドック》に入って、いつでも乗りだせるよう準備しているとか云うそうです、ねえ、これで、お分りで御座いましょう。ですから、もし今度、新しいファン・ワルドウ号が沈みました時には、あの二通を証拠に、茂木根の一家を、この世から葬ってやるつもりですわ。路馬助を、殺したも同様の茂木根一家……。いいえ、瀬高十八郎がそうですわ」

そう云って種子は、片肱を突き、その手で、軽く額を押えた。沈黙のうちに、画架が微かに揺れているのを、法水は見た。

今までは、燻ぶるだけで、照らすことも出来ず、何の役にも立たずに、終いには燃え尽きてしまいそうだった復仇の情熱が、いま法水を見て、赫《か》っと赤い焔を上げた。

「それがあるばかりに、今の今まで生き永らえて居りましたの。もしやしたら、噂に聴く鉄仮面の男が、それではないかと思っていたのが、御存知の通り、あの中之瀬さんの手紙一つで崩されてしまいました。それから、あの古びた家の生活が、どんなに淋しいことだったでしょうか……希望もなく、弟子たちも少なく、止むなくこうして肌を曝さねばならず、それは辛い、長い旅のようで御座いました。ねえ、法水さん、どうかお力になって下さいましな」

「しかし、満更僕は、貴女が茂木根に関係がないとは思われませんね。なに、あの張り反古葛籠の遺文を、御存知ないのですって」

と法水が、先夜の駭きを一伍一什話したのだけれど、種子は冷然とそれを否定した。

「いいえ、私の家に、紅毛の血は流れて居りませんの。先祖は蓮蔵生城《いっき》と申しまして、何でも、長崎の大通辞だったそうです。そして、奥方と二人の名が、未だなお位牌となって残って居ります。いつかの機に、あの比翼位牌を御覧に入れますわ。たしか、二人にこう云う、戒名がつけられていたと思いますの。清岸院伝誉夢覚大居士に、それから、朗照院幻誉春茗大姉だったと憶えて居りますが」

そうして、何もかも語り尽されてしまうと、二人の耳に佗びしい雨の音が訪れて来た。小雨の維納《ウイン》——路馬助の文中にあったあの一言が、彼の脳裡にまざまざと想起されてきた。

三、「西風」号の一夜

そうして種子は、ファン・ワルドウ号の近づくのに胸を轟かせながら、夏中を、伊豆の南端にある幡村《はたむら》と云う漁村で送った。

それは、天城の山系が、嶮しく海に切り折れる、あの辺りの風光が、悲しみの胸を医《いや》すのに、ちょうど恰好と思われたからである。

眼下は、亙理《わたり》川の急流であった。そこは、流木が一面に川幅をせいていて、遠くから見ると、魚梁《やな》のような白煙を上げている。その背後には、天城の山が、遥かに雲を突いて、全景の冠となっているのだ。

こうして法水は、度々訪れて、種子の胸を安らかなものにしようとした。あの狂わしい、復仇の情熱を去らせることが、その後病いを得た、彼女にどれ程必要だったことか……。

しかし、今の種子には、あの一感情、脈搏さえも残っていないのである。彼女は、旗のような海、その音楽、花の匂いに——と云うよりも、むしろ法水と云う一人のため、昨日を忘れ、いまや新しい世界を創ろうとしているのだ。

はじめのうちこそ、忘れようとして撰んだ法水にも拘わらず、その対象が一層個性化して、今では十八年の間睡っていた、肉感さえも意識するようになった。

また法水も、胸を病んだ妻と、永らく別居しているのであった。そうして、一つの車輪を失い、三輪となった車が、種子の前に蹌《よろ》ばい蹌ばい辿り付いたのであるから、時折は、かっと眼に熱い血潮を感じたり、言葉よりも、更に危険な沈黙を感ずることが多くなった。

所が、その日、種子は法水に、意味ありげな言葉を囁いた。

「貴方は、奥様を御覧になっていても、それに、お触りになる事は出来ますまい。また、奥様の方はだんだんお肌の色が澄んで行って、終いにはお人形を見るようになります。私、よく存じて居りますわ——貴方が奥さまを、それは愛していらっしゃるってことを。ですから、多分そんなことを、親和力とでも云うのでしょうね。きっと今に、春を知らない、少女を愛するようになりますからね」

そう云って、じっと覗き込まれたとき、その眼が、身体全体を揺り上げているように感じた。種子に、あちこちと探られて——貴方には、多分見えなかったのでしょうけれど、実は此処に、こんな黒子があるんですよ——と云われたような気がした。

しかし、そうしているうちに、突然一つの考えが閃いた。そして今度は、彼の方から相手の眼の中を覗き込んで、この女は、自分を酔わせるために、魅力の網を張り出したのではないかと、考えるようになった。

何故なら、いまも種子が云った、少女を愛すると云うことは、皮肉にも、言葉よりその人の方が、そうだったからである。

蓮蔵種子は、すでに三十を越え、四十に近いのであるが、その肉体には、まだ熟し切らない、青果のようなものが止まっていた。それは、人妻としての生活を、殆んど少女期に過したからである。

その硬い果肉は、いまも当時の歯型を、ほんのりと載せて、まったくそのままの姿で、種子の肉体を水々しいものにしているのだった。

その眼、その唇、ふっくらと盛り上った胸——それは、淡紅色の小嘴に薄く蛇の目を暈《ぼ》かしたような、双つの肉の隆起を想わせるのだ。それには、どんな醜悪な、放恣な想像を描いても、例えば鋭い爪で、あのマドンナを、画布ごとグイと剝ぎとったにしても、その蔭から、よもや「女」が現われ出ようとは思われぬほど——純なものであった。

法水は、ハッと眼を閉じて、種子を見まいとした。けれど、また見ないでいると、春風に唆《そそ》られ出した、恋の悶えがはっきりと分って、われと吾が手で、深い手傷を抉り廻すような気がするのだ。瞼の裏で、亙理川のせせらぎが、その旋律を唱い出すように、樹々は肌を露《む》き出して、肉体をあれこれと想像させる。

しかし法水は、じっと轟く胸を鎮めて、深い深い錯想の中へ落ち込んで行くのだった——自分の恋は、種子その人にであるか、それとも、あの言葉にではないだろうか。

しかし、そうした陶酔のなかにも、茂木根に対する烈々たる闘志が燃えていた。彼は、真顔になって切り出した。

「ねえ種子さん、僕に闘おうとする意志が、漸く萌えて来ましたよ。例の、いつかのお話ですがね。何より僕は、一応瀬高の動きを確かめてみる必要があると思ったのです。それで、北独逸ロイドの支店にいる友人の力を借りる事になりました。僕が支店の名で、あの航路とファン・ワルドウ号を買わないかと云ってやると、今日この幡村で逢おうと云う返事がやって来ました。御存知ないですか、あれから瀬高一家は、『西風』号に乗って、つい一昨日横浜に入ったのです」

一方、ファン・ワルドウ号は、日一日と日本の領海をさして近附いて来る。しかも種子の予期通りに、今や「西風」号は纜《ともづな》を解いたのである。所が、案に相違して、種子は暗い顔を上げた。

「マア、今夜だと仰言るんですの」

「ええ西風号は、今宵九時にこの幡村で錨を抜くんですよ」

その時、云い合わしたように、眼が南向きの窓に注がれた。

仄明るい虚空に、次第と光りが失せ、夜の闇が落ちかかろうとしている。すると、水平線をクッキリと抜いて、一つの黒い翼のような影が形を現わした。

それが、「西風」号であった。

やがて、人の心に滲み込むような、汽笛が長く鳴り渡った。種子は、弱々し気な息を、黄昏の中に吐き出した。

「私、なんだか、貴方がこの儘、行ってしまわれるような気がしてなりませんのよ。実を云いますと、もうとうから、ああ云う意志が私には御座いませんの」

種子は強く、子供のように首を振った。

そのとき、遠く祭の町に爆音が上って、大きな金の傘が、彼女の瞳の中で砕け散った。続いて、その真中へ、二の傘が上り星の雨となって散ったとき、法水は、その宝玉よりも美しいと云われる黄昏の花火よりも、なお且《かつ》それを映す、蒔絵の瞳の方が好もしく思った。

所が、そのとき、時計が軽く六時を報じた。すると、頭の一隅が、はっきり冴えて、そこから、冷々としたものが拡がりはじめた。

それは、町でビラを見て、最初の打ち上げが、六時半なのを知る法水には、いま六時を打った時計の針が、何者によって遅らされたか。また、その三十分で、終発に遅れた彼が、それから何処へ戻らねばならぬか――知ることが出来たからである。

種子は、法水の接近を待つまでもなく、自分から身を投げ出して、今宵、あの花萼《うてな》の底で酔い痴れようとするのだ。

彼女の腕は、猫のような嫋《たお》やかさで、頸《くび》に捲きついて来るだろう。その唇も、顔も右に左にと、流れるだろうが、今までは、そう思っただけでも――ふんわりと頸を撫でる風にも血を上せる彼が、妙にその時は、ほろ苦い幻滅を感じてしまったのである。

(あれが、たったこれだけの価値か)

ついにマドンナの画布が剝がれて、女が姿を現わした。

男も、四十近くになると、求めるのが女そのものではなく、その女性を、自分の胸に吸い寄せるまでの、経過そのものの興味になってしまう。しかし、歯を立てずとも、黄色い蜜が、ひとりでに口の中に流れ込むとすれば――そうして、すべてを獲ることは、また、すべてを失うと同じ瞬間である。

法水は、女としての種子を、はじめて見るに及んで、心の霧が霽《は》れた。しかも、その微妙な動きが却って、種子の姿を見失わせてしまったのである。

やがて、定刻に端艇《カッター》が桟橋に到着した。然し、神ならぬ彼が、どうしてその時前途を予知することが出来たであろうか。

彼の行手に、一つのそれは巨大な歯車が待ち構えていたのである。

帆がバタバタはためいて、滑車の軋しみが泣くように聴えるが、甲板は、湿気と帆綱とで、差し交す枝の間を行く、林のような気がした。昇降口の下が、船主室であって、法水は次の広間に案内された。

そこは、一面に黄色い絵様帯《フリーズ》を張り繞《めぐ》らした、美しい室。左右に長椅子を置き、酒瓶棚や豪奢な二股シャンデリヤなど、すべてが快走艇と云う、大貴族趣味に適わしかった。

間もなく、けばけばしく着飾って、十八郎の妻葛子《かつらこ》が姿を現わした。年の頃は、種子と大差ないが、何処か、肉体的に逞ましさの見える、娼婦的な女だった。しかし、数度の妊娠で、突き出た太い腹を抱え、その乳房も、疲れた気にダラリと垂れ下っている。

夫人は、側にいる美しい青年を紹介して、

「これが、長男の道助ですの。まだ、未完成ですけど、音調《レギステル》に、一種独特の甘味があると云われてましてね、声楽を習って居ります。次中音《テノール》ですの」

道助は、色の蒼白い、見るからに、憂愁な美しさを具えていた。

今年十九の彼は、ひ弱い、詩人型の青年であるが、驚いたことに、言葉から物腰の端々にまで、すべてが女性的であった。その、何とも云えぬ、不気味な粘っこさ、見る人も男女の境界に立ち惑って異様な感じをうけるのだった。

続いて、妹の登江《とえ》が紹介された。しかし、登江も道助も、葛子夫人と前夫との間に儲けられたのであって、十八郎とは血のつながりがないのであった。

この少女の不思議な顔立ちは、笑っていても、眼が泣くように見えるのが、特徴だった。道助から見ると、五つ六つ下らしい彼女は、いつも無口で、何処か冷やかで神経的で、見ていると、塑像のような感じがするのだった。

しかし、最後に、波江が紹介されると、はじめて、絵や森に見る、懐かしい夢が蘇がえって来た。

「これが、波江なんですのよ。今年十五になるこの子は、世界中で、一番いたいけない花嫁御寮ですわ。今度はいよいよ、寄輪で道助と結婚することになっていますの」

波江は、十八郎にとっての一粒種で、葛子夫人と結婚する前に設けたのである。が、法水は、何より波江の美しさに魅せられてしまった。その眼にも髪の毛にも、すべて、無垢の肉と純潔な魂が咲き誇っているのだった。その時、隣りの船主室から、コトリコトリと重たげな跫音が続いて来たのである。

やがて、巨体を揺ぶって、悠然と現われたのが、茂木根の実権者十八郎であった。年の頃は、五十一、二であろう。その、脂切った頬、四角につんだ、秘密っぽい顎髯と云い、すべてが圧力的であった。見ていると、身体全体がこう昂ってくるように思われて、どこか底知れぬ、画策的な感じのする男だった。

所が法水を見ると、彼はニヤリと異様な微笑を洩らした。そして、隣り合った、船主室に導いて行ったのである。

しかし間もなく、法水は初手から破綻に直面してしまった。十八郎は、策謀とも知らず、その条件をアッサリ受け入れてしまったが、やがて、重たそうな瞼が、ピクリと動いて、

「では、取引の折合がついたところで、御相談じゃが、なア貴方《あんた》、儂《わし》に売って下さるのは、あの船だけかな」

「しかし、船だけとはどう云う……」

「実は他でもないが、その貴方が、売物かどうかと云うことです。どうせ同じ額なら、儂は船よりも貴方を買いたいがね」

法水の膝の上に、ポタリと莨《たばこ》の灰が落ちた。しかし、十八郎は冷静死灰のごとく、顔を包む烟も揺ごうとはしない。

「いいや法水さん、貴方化けましたね。その顔は、少々この田舎者にも、素面ではどうかと思われますよ。ハハハハ、ファン・ワルドウ号を買えですか」

「そうと分った上は、もとの法水に帰りますかな」

彼は、面には平静を装っていたが、腋から横腹にかけて、グショリと汗ばんでいた。

「所で……」

「いや、その御用件なら、伺わずとも分っています。貴方が、商談と偽わって、この縦に来られたのは、つまり買うかどうかで、わしの動向を確かめたかったからでしょう。いかにも十八年前、この船は、ファン・ワルドウ号の遭難を目撃しました。しかしそれは、何とも不幸な一致だったのですよ。貴方の腹は、わしによう分って居る。しかしそれは云わん事にして、とにかく、今度この船を乗り出した理由を説明しましょう」

と云って、洋机の抽斗《ひきだし》から一通の綴じ本を取り出した。それは、紙の色が黄色く変っていて、所々虫喰いの跡が残っている。

そうしてから、彼が悠《ゆ》ったりと語り出したものがあった。

「それは、この文書一つを、捜し出さんがためじゃった。御承知の通り、茂木根の一家は、いまの得江子老夫人で絶えますので、わしは何とかして隠れた血系でもないかと焦りはじめたのです。けれど古い文書を総ざらえにして、故人の下らない、回想の類までも調べましたが、不幸にも、その点には何一つ触れたものがない。徒《いたず》らに焦るのみで、儂《わし》は絶望し、解決の日の遠きを、嘆ずるのみだったのです。所が、そこへ曙光となったのが、いまもお聴きの得江子老夫人でした。あの方には、マルタと云う洗礼名があって、今年はもう八十五になる。しかし、まだまだ、壮年の元気が毫も衰えては居らん。所がつい、先頃二月の始めだったが、突然老夫人が眼病に罹られてな、それが、この船を乗り出す端緒になった」

十八郎は、快走艇着のホックを、苦しげに弛めて続けた。

「と云うのは、それまで、儂も、老夫人のお室だけは調べて居らなかった。それで、済まん訳だが、入院をよい機と思ってな、儂は、永年続けて居られる、日誌を引き出してみた。すると、一九二〇年三月四日の欄に、

本日茂木根の家のために、かの品をTTに托せり——とある。

法水君、人は誰しも心の中に秘密と云う怪物を持って居る。その苦悩も願望も知らずに、ただ波が立ち、静穏なるべきものが荒れると云う道理はあるまい。そこで、かの品とは、ＴＴとは何者かと――儂は渾身の力で打《ぶ》つかってみた」

そこまで来ると、追想やら労苦の想い出やらなどで、十八郎の言葉を瞬時途切らせたものがあったが、

「むろん儂には、貴方のような不思議な神経はないでな。それから、日一日と焦りもがき抜いて過して行った。すると、程なくして、老夫人が遺言書の改訂を申し出でられた。この『西風』号を、死後焼き沈めるようにと云う……。大体得江子と云う方は、若い頃から、無口で陰気で、偏狂的でしてな。どこか、尋常でない、薄気味悪さのある方でした。そんな訳で、誰しもが、ああ又かと云うだけじゃったが、しかし儂だけは、あの一行の文字に結び付けて考えた。そして、揚句に老夫人の反対を押し切って、この艇の纜を解いてしまった。法水君、何を隠そう、ＴＴとは、老夫人の嫁ぐ前の名――館川得江子の頭文字だったのです。この船には、若い頃の胸像がありましてな。実は、その中からこれが発見されたのでしたよ」

それから、十八郎がその綴りを取り上げたとき、室の空気は、再び引き緊って来た。見よ、沈痛死灰のごとき彼も、瞳を耀かせ、額には汗を滲ませて、その亢奮、底から燃え上る野心の焔は、いかに、内容の驚嘆すべきであるかを知らせるのだった。

やがて、眼鏡《モノクル》を嵌めて、十八郎の指が最初の頁を開いた。

享和四年七月、弟織之助、一人の異国尼僧を妾となせしと聴いて、余は信ずる教のため、その棲む鎗打砦に兵を向けたり。

その頃余は悪性の腫瘍にあい顔貌崩れて、常に仮面を常用しいたるがため、砦に籠りて、ひとり勝報を待ちいたりき。しかるに、戦い二日の後、天主に上りて銃眼より眺むるに、上宮《かむい》の中腹に当り、空を焦がす黒煙の上るを見たり、遂に鎗打の砦は落ち、織之助は死したれども、尼僧の救出はかなわず、次男と共々、無残な焼死体となりて見出されたり。

しかるに、落城の際、長女の静香だけは、辛くも救い出すを得て、それに瀬高《せごう》と呼ぶ絶家を嗣がしめたりき。

兄弟墻にせめぐも、われに寸毫の悔いもなし、天帝われを愛で給い、寄輪の衆に、幸を垂れ給いき。

享和四年四月十一日　　　茂木根球磨太郎元信記す

ああ、瀬高――それをさし置いて、得江子夫人の死後、茂木根の巨富を継ぐものはないではないか。聴き終ると、法水はやっと悪夢から解き放されたような気がした。いつか、空には星が消えて、夜の海は、むっと耐え難い湿度に包まれている。法水は、ジクリと滲み出る、額の汗を拭ったが、こうして揺られている船の下にも、なにか伝説にもない、古い古い都が埋もれているような気がした。

しかし、十八郎の、総身から迸り出る異常な精気には圧倒されてしまった。この記録一つを種に、彼は何事を企てようとするのか、今や、乾坤一擲の大賭博を打とうとして、巨富と権力とを賭けた、壺皿をポンと伏せた彼——と、何もかも法水は知り尽したような気がした。

「では瀬高さん、これで僕は、自分の浅慮をお詫びして引き退ることにします。まさに茂木根は貴方の手中に落ちようとしている。この舟出の幸に、乾盃しましょう」

こうして、巨人十八郎に叩き伏せられた彼は、実に生涯最初の敗北を味ったのであった。それから端艇に乗って、闇の海上を行くうちにも、何となく、あのTTが新人物のように思われて、彼は、櫂《かい》の光を虚ろに見やりながら考えていた。

所が、「西風」号では、それから間もなく、船主室の扉を十八郎が開いたときだった。

舞台は、底鳴りを立てて、再び暗転をはじめた……。

さしもの彼でさえ、胸を轟かせて、しばし、脊長椅子の蔭から立ちのぼる、烟を眺めていた。微風一つない、この室の中で、一筋、真直ぐな烟が揺らぎもせずに立ち上って行く。

「誰か！」

瀬高十八郎が、耐らなくなって声をかけると、その烟は静かに乱れはじめた。

そして、その中から、意外とも、つい先刻船を離れた、法水の顔が現われたのである。瞬間、四つの眼がハッシと打《ぶ》つかって、いつまで二人が、この辛抱強い、沈黙を守り続けるかと思われた。

やがて、法水の方が莨《たばこ》を捨てて、ニヤリと、妙に底意のありそうな微笑を洩らした。

「いよう、瀬高君、また遣って来ましたぜ。僕は、ついうっかりしてね、君に、大切な忘れ物を届けるのを忘れていた。この船が、日本の領海を離れぬ間に、僕は、君が山師か、それとも偉大な陰謀家か、決めて置きたいんだ」

四、黄色い胴衣《チヨツキ》

その間に、十八郎は冷静を恢復してしまった。彼は半眼になって、挑むような、相手の言葉を推し測っていたが、

「いや、云わずとこの儂なら、徹底的な陰謀家さ、儂の総身は、権力に対する渇望で燃え上っている。また、権謀術数を、自分の天職とも心得て居るよ。だが、ともかく、

れた。

その時、満月のような、大きな薔薇が町の上で開いて、入江が弓形なりに照し出さ

細心な法水は、すぐ海に出る事が出来る、閉鎖窓を明けさせた。

「それでは、彼処《そこ》の閉鎖窓を明けといてくれ給え」

君の話と云うのを聴こうじゃないか」

「ああ、まだ八時一分か。すると、悠《ゆ》っくり話をしても、九時の出帆までには、充分間に合うな。所で叔父《オーハイム》さん、態々《わざわざ》僕が取って返して来たのは、君に一つ、御無心があってのことなんだ。あの記録の最後の一枚を、隠さず僕に見せてくれ給え」

夫子然と取り澄まして、自己隠蔽の術に長け、いかなる事も、平然と抑揚のない調子で語る十八郎には、法水の追撃も反響一つなかった。

彼も、それを予期していたかのように、言葉を次いで、

「所で、叔父さん、君が知らぬことはないと思うが、あの記録には、一枚一枚の描き透かしが入っているんだぜ。それも、一枚だけ透かして見たんじゃ、短い弧線だけのもので、何が何やらさっぱり分らないんだが、あの五枚を一所にして透かして見ると、それには6と云う数字が現われる。つまり、一種のリボン秘密記法だね。所が、その6の字には、最終の一筆が欠けていて、しかも枚数は五枚しかないんだ。どうだ瀬高君、それが老夫人か球磨太郎かは知らないが、ともかく、誤まられ易いあの記録の性

質を察して、六枚目に、何事か認めたにちがいないのだ。しかも、後代に、君のような大山師の出現を予期していて、巧みな描き透しまで残して置いたんだよ」

「ふうむ、最後の一枚だと……儂は決して、隠しも破りもせん。手にあるのは、あれで全部だ。もう一枚あるなら、儂こそ見たいものだよ」

沈黙の壁に蔽われて、動かざる彼の額が、ビリリと顫えたのを見て、法水は意外に感じた。そしてあるいは真実に、十八郎が知らないのではないかと思われて来た。

「よろしい、それでは、一先ず君の言葉を信用するとしてだ。そこで、相談と云うのは、もし僕が発見したら、その一枚を頂戴して帰りたいがどうだろう。それとも、それが不承知なら、まだもう一つ此処に条件がある」

「うむ、まず、その方を先に聴こうじゃないか」

「それは、君の野望が達せられて、陰謀家十八郎に、骰子《さいころ》の目が転げ込んで来た時のことだ。その時その一枚と交換に、寄輪の望楼にいる鉄仮面を、赦放すると約束してくれ給え」

「なに、鉄仮面を赦放する？」

十八郎は、半ば呆れたような表情を交えて、相手の顔をしげしげと見入っていたが、

「なるほど、それはいと容易いことだがね。しかし……」

「ふふん、君も白を切って、あの囚人を、ロレンツォと云う伊太利人だと云うんだな。

所が僕は、その名を作った秘密機関員の心理を、つくづく観察してみたんだ。すると、そこに動いている、奇異な心理機構が分って来たよ。ねえ叔父さん、大戦中の英国にも、こう云う話がある。前線で、唇を吹き飛ばされてしまった一人の廃兵が、恩給局で受領証に署名するとき、本名のPhillipと書かずに、愛称のPhilと書いたものだ。もちろん係官が咎めると、その廃兵は皮肉な顔をして、『冗談じゃねえ。俺に唇《リップ》があるけえ』と、受領証の余白にそう書いたとか云うがね。つまり云えば、心理学で云う視覚的心像さ。そこで、問題はその心理だがね。それが、鉄仮面の名を云うときの、その男の心にどう働いたかと云うことだ」

そう云って、何やら紙に認めたが、それを見たとき、十八郎の膝にポタリと葉巻の灰が落ちた。

それは、よもや魔法ではないかと思われたほど――一度法水の息吹をうけると、ロレンツォと云う名に異様な変化が現われて行った。

その紙の上に、死んだとのみ信じられた、蓮蔵路馬助の仮面姿が浮き出て来たのである。

ろ　ますけ　れんぞう
Lo　maske　Renzo
ロ　　　　　レンツォ

Maskeに仮面《マスケ》——顔に嵌められた、鉄の仮面を見ているうちに、いつかその男に、微笑ましい洒落が泛んで来たのだ。

そして、眼のあたり、それを照破した、彼の不思議な神経を見るにつけて、これは予期した以上、容易ならぬ強敵だと思い、十八郎は総身の硬ばるような思いだった。

法水は、その紙を丸めて、ポンと海に捨てたが、

「そこで、さっそく取引にかかるが……。どうだ叔父さん、君は、僕の申し出でを拒んで、これなり一人の男の生涯を葬ってしまうか。それとも、僕にその一枚を発表されて、君の野望を根こそぎ引き抜かれてしまうかだ」

その後何秒かの間は、息付きさえも聴えず、十八郎は眠ったように考えていたが、

「よろしい、蓮蔵路馬助の赦放を約束しよう。だが、その六枚目が、もし、君の懐中にあるなら、見せてくれ給え」

すると、法水は、正面にある大きな時計を見詰めはじめた。帆のはためき、滑車のきしみ、舷側を打つ波の音に入れ交って、チクタクと、物懶げに刻む振子の音が流れて来る。

すると、立ち上って、時計の前へ行き、針を九時まで廻して、暫らく押えているうちに、振子の下にフワリと落ちたものがあった。

それには、種子の家で見た、張り反古葛籠と同じ意味の言葉が認められてあった。

そして、その後に、

われ後に、織之助の奸策を知るに及んで、静香の血に疑惑の湧かざるを得ず、果して織之助か、それとも伎者冠助の種を胎したるに非ずや。此処に、瀬高の血を、深い深い謎の意味として後代に残すものなり。

遂に、法水が勝った。

その一枚の発見は、優に十八郎の野望を、根底から覆えしてしまう底のものだった。瀬高家の系譜にからむ一切のものが、遠く雲層の彼方に没し去ってしまったのである。

十八郎は、静かな諦めの色と共に、法水の手を握った。

「それでは、帰って、種子と云う婦人を喜ばせてやり給え。今夜は、潔よく敗北を認める。力と力を闘わせて、その上で敗れたのだからね。儂の方にも、悔いはないさ。ただ、路馬助が赦放された際には、是非とも、例の履行を願って置くよ」

「ハハハハハ、それは此方で云う言葉さ。君こそ、嫋々《じょうじょう》たる、夫人の口説に禍いされぬよう願いたいね。所で、この一枚だが、もし君の手にないのだったら、僕は、何処かで失われたのではないかと考えた。そして、得江子老夫人が、あの全部を、胸像に隠すまでの心理経過を辿りはじめた。あの老夫人が、隠し場所に悩みあぐんで、恐らく数回は、その場所を転々させたのではないかと考えた。すると、最初に思い泛んだのは、例のTTと云う頭文字さ。ねえ瀬高君、それに僕は、君の発見を理論付けるものを見出したのだよ」

顔にも声にも、わくわくするような律動が踊っている。

「所で問題は、最初のTなんだが、あれに僕は、羅針位《カンパス》の十字形を結び付けたんだよ。W、E、S、N——となって、南までの形が、ちょうどTそっくりになるだろう。しかもそれが、W、E、S、と続くんだからね。次のTに結び付けるとそれが否応なしに『西風（ＷＥＳＴ）』となるんだ。ねえ叔父さん、『西風《ヴエスト》』号だ。しかも、あの時計には、大きく西風と標名が打ってある。それから、あの盤面を、羅針位に見立ててみると、ちょうど九時のところが、西に当るじゃないか。いや、講義はこれだけにして、では叔父さん、左様ならを云おう。将来、僕にもし寄輪へ行く機会があったら、その時は、私設儀仗兵の一、二中隊ぐらい付けてくれ給え」

そう云って、卓上のその一枚を取上げたとき、遠く、町の上で、大きな赤い傘が拡がった。所が、次の瞬間、彼は、自分の心臓を止めたかと思われるような、駭きを感じた。

その赤い光が、すうっと横退いて、その跡の、蒼い蒼いぎらつくような残像に、船が動いているのを知ったからである。

何時の間にか、「西風」号は錨を引き上げて、二人の争いを載せたまま、外洋に乗り出してしまったのだった。

法水は、呼吸を落ちつかせ、しっかりしようとしても、唇の血は、見る見る心臓に引き上げてしまって、真蒼になった。そして、とっさに取り落した、あの一枚は、十八郎の素早い手に握られてしまっている。

船が出た。船が出た。ファン・ワルドウ号を恐らくつけ狙って、港の土を踏むことなく、海上を漂うこの船が——。

刻々と血が失われて行くような、真蒼な顔をしながら、法水は、絶え絶えに呟いていた。しかし、だんだんに落ち付いてくると、自分は、もはや遁れられぬ俘虜の身であり、この上立ち騒いで、嘲笑をうけるよりも、静かに運命の手を待つより外にないと思った。

彼は突然、天井に向って、あらん限りの笑い声を立てた。

「ワッハハハハハ、叔父《オーハイム》さん、今度は僕の敗けだ。明らかに、一生の不覚だったよ。君の、重くて眠たそうな瞼の下に、こんな、魚みたいな、冷たい眼があろうとは知らなかった。君の鉄面皮、卑劣極りない節操の転換たるや、まさに呆然自若たらしめるものがある。ええ叔父さん、君は、その椅子から、一寸も動かなかった。下は板敷で隠し釦《ボタン》もありそうはない。それだのに、この艇は、九時の定刻前に出帆してしまった……」

「だまれ」

十八郎は、鋭く、今までにない悪意を罩《こ》めて云った。

「儂はそんな、相手の力を消耗させて、それが尽きると容赦なく攻撃するようなことはせん。見ろ、その手を！　その手だ、君の手だ！」

この手が、どうしたと云うのか？　武器もなく、あの一枚も奪われて、相手の心臓を、摑もうにも由ないこの手が？

この手が、この手が——法水は、ただ黙然と莨《たばこ》を燻《くゆ》らして、指を泳ぐように潜り抜けてゆく、その意味を捉えようとあがいていた。

「儂でさえも、君が驚いたのを見て、はじめてそれと知ったほどだ」

十八郎は、相変らずの無表情で云った。

「大体、君と云う男を、儂は、冷静な書斎人として聞いていた。所が、遇ってみると、案外冒険に耽溺したり、何でもかでも、与えられたものには賭博的快楽を感ずると云う男だ。法水君、君は池の蛙に石を投げる、イソップ物語を知っているかね。その通り、今夜の君は、運命と云う、どえらい蛙に石を打つけてしまったのだ。君は、この一枚を取り出そうとして、時計の針を九時に進めたっけね。所が、あの時計は、水夫部屋にある報時計に連絡しているんだよ。つまり、その手で、君はこの船の纜《ともづな》を解いてしまったのだ」

「ううむ」

彼は思わず下唇を噛んだ。

それは、泣くともつかず、笑うともつかぬ、異様な表情だった。

あの一枚を取り出して、巨人十八郎を、見事叩き伏せたのもこの手なら……、その王座から、一瞬の間に顚落して、果敢《はか》ない俘虜の身になり果てたのも、この手である。

一体、勝ったのか、敗けたのか、自分は誰を相手に闘って来たのか――と、今宵運命と取り組んだのを知ると、今にもこの夢が醒め、朝の騒音が聴えて来るのではないかと思われた。

その頃から、黒潮に乗り入れて、艇は、雄大な揺れ方をして来た。波が、頭巾のような形で、閉鎖窓の下から、もくもくと盛り上ってくる。

「ねえ叔父さん、こう、だんだんに落着いて来るとだね」

法水は、何もかも、諦め切ったように、ケロリとなって、

「今後どうなるんだか、身のほどが、しみじみ考えられて来るよ。見た通り、武器と云っては、何もないんだし、僕の腕力も、三人以上は到底自信がない。君は僕を、真暗な艙底に抛り込む気かね。それとも、この艇を、ベンハーみたいに、独りで漕げとでも云うか」

と云うと、十八郎は、静かに頭を振った。

「いや、当分は、この船の客としていて貰いたい。いずれ一人、僕の友人が乗船することになっている。君の処置は、それからの事だよ。但し、手紙は絶対にならん」

「うむそうか、僕が種子に、船中健在なのを知らせてもかね。また、あの鉄仮面が、いよいよ種子の夫路馬助であると告げるのもかね。そして、寄輪に着いたら、僕が必ず救い出してやると、誓うのもかね」

「なに、寄輪に……。君は真実、正気で上陸出来ると思っているのか。それにこの艇は、まだまだ、寄輪へは行かんぞ」

「なに、寄輪に行かぬとすると……」

と法水の胸に、グウッとせり上って来たものがあった。

そして、いよいよ片々たるこの帆船が、外洋を彷徨い漂い、近づく巨船を狙い撃とうとするのではないかと思われた。

然し、それとは云わずに、

「そうとも、正にそうだ。僕は、この艇と共に、茂木根の本拠、寄輪の街まで行くんだ。叔父さん、君は、鼠のように土を搔いて、この法水に感謝し給え。此処にもし、僕の便りがなく、行方がこの艇で消えてしまったことが分れば、明日にも、警察汽艇の追跡をうけねばならんよ。そう云う、眼に見えた、絶好の機会を抛げ打ってまで、僕は流謫の歌を唱いながら、君の本拠まで行くんだ。君のような、陰謀耽溺家が、飽《お》くまで、権力の骨に噛りつきたいと云うなら、やってみ給え。僕は、歴史を賭けた博奕台《やだい》に坐って、百戦百勝の戦歴を見せてやる」

死命を、相手に制せられて、明日をも測り知れない身にも拘らず、法水は、こうも傲然と云い放った。

十八郎も、相手が相手だけに薄気味悪くなり、その凄まじい気魄に圧せられて、暫くは言葉も出なかった、その間も、四つの眼は、絶えずかち合って、砲口から出る火華の様なものが交されていた。

しかし、結局は、法水の威嚇が効を奏して、その夜、一通の手紙を書くことが出来た。

その夜、一晩中、法水は寝台の上で転々としていた。種子の夫路馬助が、意外にも生存していることが分ると、一度は萎みかけた、恋慕の芽がふたたび萌え出て来るのであった。

あの夜、身を投げ出そうと送った微笑が、不貞であり、官能的であればあるほどに、それを知る彼は、今にも自分の身が、燃え尽きてしまいそうな感じがした。

そうして、一時なりともその幻影を抱きしめて、目前の不安、磅礴《ほうはく》と覆いかぶさって来る現実の恐怖から遁れようとした。

しかし、外は、海と靄の、無限の荒野である。彼はいつか一度来る危機を、如何にして防いだらいいのか——それには全く成算がなく、その一夜は、事実拷問に等しい苛責だった。

その翌朝、意外な法水を見て、一同は吃驚《びっく》りさせられてしまった。むしろ、その出現が、何かの洒落であって、前々から仕組まれていたのではないかとさえ思われた。十八郎は、その理由を巧妙に云いくるめて、前夜のうちに、法水との間に、固い友情が成り立ったと説明した。それには、葛子夫人でさえ瞞《だま》されてしまって、日頃から偶像視していた彼の乗船を小娘のように燥《はしや》ぎ立って迎えたほどであった。

こうして、仮面をつけた、不安な日を何日か重ねるうちに、果して「西風」号は、日本の領海を離れてしまった。

新調の三角帆《スリー・クオーター・セール》が、光る、ギラつくような影を水に落して、「西風」号は、ファン・ワルドウ号の航路を逆に辿って帆走を続けてゆく。

やがて、緯度は減り、暑さが加わって、水の色も次第にちがって来た。

いまや「西風」号は、針路を南々西にとって、カムラン湾に近い南支那海を航行しているのだ。

十月十二日、東経百十一度二分北緯十二度八分——驟雨の後のその夜は、どこかに椰子花の匂いがしていた。法水は、涼しいその一夜に、数日来の、睡眠不足を取り返そうとして、その夜は早く自室に下って来た。

が、何に気付いたのか、扉の前で、思案ありげに立ち竦《すく》んでしまった。

それは、内部から、コトリコトリと歩き廻る音が聴えて来たからである。

そこで、扉を細目に開けると、一本の燐寸《マッチ》の火が、闇の中をスウッと走るのが見えた。その光りはすぐに消えて、はっきりとは摑めなかったけれど、やがて波江の呟く声が聴えた。

「マア、これで七本目だわ。どうしたんでしょうね。湿気が強いんで、点かないのかしら……」

そうして、すらりとした影が、何度も足下から壁に躍り上ったり、また、燃え上ったように天井に飛びつくのが見えた。

「何か、お捜しなんですか。そんなことなら、僕に遠慮なく仰言って下さい」

静かに声をかけて、法水が入ると、波江の身体がぶるっと慄えた。

そして、ハッハッと喘ぎせく息が、闇の中から聴えて来た。細い煨《おき》が、弓のようにしなだれて、ポタリと落ちると、彼女はその微かな光をじっと見詰めていて口を切らなかった。

「僕は、最初登江さんではないかと思いましたよ。貴女のお手が、あんまり白いものですからね。つい僕は、それをリボンのように見てしまったのです」

「マア私、登江に似てますかしら……。実は、父に花瓶を持って来いと云われましたの。白い玉アネモネと、赤いダリヤが挿さっている、あれを御存知じゃ御座いませ
ん？」

「なに、花がですって……」

法水は怪訝そうに波江を見詰めた。

闇の中で、チラチラするのが、肌なのか、着物なのか見分けることも出来なかったけれど、波江はそう云われると急にドギマギして、

「いいえ、私の云うのは、花瓶の画のことなんですのよ。あら、それじゃ室を間違えたのかしら……」

と云って、覆いのしてある撞球台の側を、スルリと抜けて、扉口で再び此方を振り向いた。

彼女が去った後も、暫く法水は考えに耽っていた。二週間も陸地を見ないこの艇に、花と云っては、何一つないにも拘わらず――それと云い、なにか面映ゆげな、あの狼狽《うろた》え方と云い、その行動は決して尋常なものとは云えなかった。

しかし、法水の考えは、やがて間もなく、他のものに飛び付いて行った。

彼は、いま闇のなかで嗅いだ、波江の清々しい匂いを容《かたち》にして、眼に力を罩《こ》め――

暗の中でも輝くようにして——羨しい恋をじっと見詰めているのだ。それは、種子に感じたような、生の轟きと、全身を揉みほごすような暗い血ではなく、女の着物を、頭の上まで捲り上げようとするような、あの忌わしい悪夢ともちがっていた。

彼は、いつかの夜を想い出して、あの時種子に——きっとあなたは、今に春を知らない少女を愛するようになりますよ——と云われたけれど、それが今ようやく思い当って、しかもはっきりと運命づけられているのを知ることが出来た。

あの崇高な少女——久遠の女性を探し当てたことが、彼に、明日の希望を抱かせる原因になったのである。

それから甲板に出ると、前帆桁《フォア・ビーム》の下で、波江と登江が、霽《は》れた美しい夜空を眺めていた。斜檣に切られた飛沫が、ひゅうっと躍り上って、二人の髪の毛に、星のような粒が泛んでいる。

「あら、快走艇着をお着けになったのね」

眼ざとく見付けて、登江が二人の間に席を作った。

どこか病的で、蒼白い十三の登江、また、照り映えんばかりに美しい十五の波江——とその二人が、今宵は入れちがってしまったように見えた。

波江の顔は、憂いげな影に鎖されていて、明かに一つの秘密を物語っていた。

「法水さん、お聴きになりまして、叔母が見付けたそうなんですけど、よく海賊船や戦闘機に、枯骨の紋章がつけてありますね。あれを書いた紙が、きょう広間《サロン》の壁に、べたりと張り付けてあったそうなんですって」

と波江は、はやおどおどして、その震えが法水の身体にも伝わって来た。彼の膝は、二人の裳裾に覆われて見えなかった。

そして、蜒《うね》りの峰を離れ、艇がガーッと傾く毎に、三つの肉が摩《こす》るかのよう摺れ合うのであるが、それを透して、太腿の丸味さえ分るような気がし、二人がすでに子供でないのを知ることが出来た。

「それが、地図の上へ、斜めに貼り付けてあったそうなんですの」登江が言葉を次いで、「それで、お母様が、先刻から貴方を捜していらっしゃるんですのよ。大変気にしていましてね。話してやって下さる、呼んで参りますから」

と昇降階段の中へ、バタバタと駆け込んでしまった。

法水の顔に、波江の髪の毛が嫋々《じょうじょう》と吹きかかって、その香りに、彼は炎のようなものを感じた。そして、その一本をグイと歯で嚙みしめると、いきなり振り向いて、波江はにこりと微笑んだ。

「なんて、蒼い顔をしているんです。ハハア、寄輪の邸へ行くのが、貴女、お厭になったのじゃありませんか。しかし、この一家以外に、貴女の希望と云ってはない訳ですからね。道助君は、あの通りの好人物なんだし……」

「でも、道助はまだ子供ですわ」

波江が、急に大人びたような声を出した。

「まだ、ほんの子供なんですのよ。だって、あの人の音域が、第一、男の大人とは思えませんもの」

と云ったが、法水の莨《たばこ》に、いつまでも火が点かないのを見ると、

「マア、不器用な方ですこと。そんなことじゃ、火の点け方を知らない人のように見えますわ」

「火、火ですか。火なら僕の胸には、七年前から消えてますがね」

すると波江は、いきなり莨を引き抜いて、踞《かが》むようにして火をつけたが、それを彼の口にスイとさし込んで、耳を馴れ馴れし気にパチリと弾いた。

そうしてから、彼女の姿が暗がりに消えてしまうと、法水は、なにか非常に危険なものから遁れたような気がした。

総身が、びしょりと濡れて、今にも出そうな、恋の囁きが唇の上で震えていた。あの清浄な姿、闇の中で、一きわ大きく見開かれた眼、星空の下で、仄かな輪光をめぐらした髪毛――。その人が……自分から進んで……彼の胸の火を点じてくれた。

そうして、何時までも、火のようにほてる顔を、飛沫の打つままに任せていた。

そこへバタバタ扇の音をさせて、登江と葛子夫人が上って来た。

「登江から、お聴きで御座いましたでしょう。私どうしても、これが悪戯とは思えないんですの。ともかく、御覧になって下さいまし。何かこれには、脅迫めいた意味があるのではないのでしょうか」

そう云って、手に持った地図を拡げはじめたが、法水の顔は、なぜか見る見る蒼くなって行った。それには、例の枯骨の紋章が、幾分傾《かし》げ気味に、ベタリと貼り付けられてあった。

「ははあ、マラッカ海峡ですね」
中央の頭蓋骨の上を、グイと指先で押し、片方の手で、糊を剥がしながらそろそろとめくって行くと、その下が、マラッカ海峡の中心に当っていた。
しかし、それ以外にもう一つ、彼は口には云えないものを発見してしまった。紋章のX形が、幾分斜めに貼りつけてある――それと、ある一つを連関させたところに、彼は狂気に近いものを感じてしまったのである。けれども、一向に去りげない体で、地図を畳み返すと葛子夫人に云った。
「夫人、あなたの御体質は、気圧の影響を非常にうけ易いと見えますね。ですから、こんな何でもないものにも、執拗《しゅうね》く悪夢を見るようになるんですよ。マア試して御覧なさい。この貼紙は、明日とは続きませんからね。ねえ、夫人、今年は大変いいお年なんです。ホラ、彼処に、兎星《ハーゼ》が輝いているでしょう。あれが、貴女のお年なんですからね」

所が、予期に反して、枯骨の紋章は、連日、同じ場所同じ形で貼り続けられて行った。

人々は、互いに猜疑の眼を交しあって、いっそ何事でも起ってしまえ、そうすれば、悪血が流れ出てさっぱりするだろう、などと云い交していた。

それで葛子夫人は、マラッカ海峡を通らずに、スマトラとボルネオの間を抜けてバタビヤへ出るようにと主張したが、生憎とそれは、クリスマス島の真上を通る台風の進路に当っていたので、水夫長を説き伏せることが出来なかった。

こうして、西風号は、刻々と濃くなる不安の気を積んで、湯気のような濃霧の海、マラッカ海峡に入って行った。

粘っとりとして、てんで見ていても海と云う感じのせぬ、たとえ降りても、その上を歩けそうな気のするマラッカ海峡――。

十月十九日、東経百度六分、北緯四度二分――。

赤道間近な太陽が、ギラギラ鍍金したような、波の中に沈んでしまったとき、南方の水平線上を塞いでいた雲が、見る見る間に崩れはじめて来た。それが、いくつもに千切れて、光る、黄色く光る雲が、空を鳥のように飛んで行く。けれども、下風のない海は、真赤に泡立って、艇は、蒸気のような耐えられぬ暑さの中を進んで行った。

「この暑さじゃ、何だか眼がくらくらして来るし、頭もどうやら、変てこになりかかって来たよ。こんな時こそ、ほんの些細な事が、どえらい衝動を惹き起してしまうんだ。波江を誘って、甲板に行かないか。飛沫でも浴びなきア、死んでしまいそうだ」

道助が、通りすがった水夫長を誘って、波江の室の前に立った。

所が、その扉は、固く鍵が下されていて、何度呼んでも開かれそうな気配はなかった。が、その時ふと足下を見た水夫長が、何を見たのか、顔色を変えて跳び退いた。

「アッ、血、血じゃありませんか。血が流れている……」

見ると、扉の下には、ドロドロした真紅なものが溜っている。しかも、横揺れにつれて、満ちたり干いたりしているのだった。

扉に耳をつけても、内部には物音一つなく、ただ鈍い、物懶《ものう》い、蠅の唸りが聴えて来る。

「ああ、波江が……」

道助の顔が、いきなり泣くように引っつれたが、

「波江が、ああ波江が、どうかしてしまったんだ。君、一つこの扉を破ってくれませ

んか」

すると、水夫長が、把手の上、羽目《パネル》を目がけて、肩口を叩きつけた。瞬間、バリッと云う音がして錠の角棒が飛び出したが、余勢に蹌《よろ》めいた彼は、ベトリと顔にはね上る飛沫を感じた。

所が、燐寸の火で、血の流れを辿って行くと、そこには二度目の駭きが待ち構えていたのである。

間もなく二人の目に、室の中央から、ぽやっとした真白いものが飛び付いて来た。その瞬間、水夫長は魘《うな》されたような声を立てて、手から放れ落ちた煨《おき》が、一つの顔を照し出した。

そこには、四肢をはだけて、つるつるした肌を惜しげもなく曝している屍体――それが波江ではなく、道助の母葛子夫人だったのである。

その変事が伝えられると、すぐ法水は、十八郎と連れ立って、現場へ馳せつけた。葛子夫人の屍体は、室の中央で仰向け様に倒れ、四肢を蟹のようにはだけている。そして、沃度丁幾《ヨード・チンキ》を塗った、頸の傷が、見事楔形に頸動脈をかき切っているのだ。

流れ出た血が、長い帯をなして、玉虫色に輝き、屍体の顔は醜くくひん歪《ゆが》んでいる。所が、それでさえも、この屍体に施された、一つの不思議な化粧には及ばなかった。

それが、奇異至極にも、男ものの黄色い胴衣《チョッキ》を着せられていて、この惨劇にパッと燃え上るような色彩を添えているのだった。

(ファン・ワルドウ号は、日一日と近附いて来る。しかもそれに先立って、葛子夫人が非業な変死を遂げてしまった……)

暑い、粘りつくような臭気……。汗と血の臭いで、何かの動物の檻のような気がする。その中で、はじめて法水は最初の呼吸を吐いた。

胴衣、焦げつくような色の――それにいつか見た黄色い支那町が連想されてくると、水っぽい下腹の起伏が、ひたひた波打つように見える。

しかし、やがてはその幻覚も消えてしまって、彼にはただ蠅の唸りしか聴かれなくなってしまった。

第二篇　地獄船

一、男の世界

その頃から、西風号の速力が、眠るように衰えて往って、艇はゆらゆら無風帯を漂いはじめた。

微風も絶え、帆もはためかず、吹き尽してでもしまったかのように、その蒸し暑さは、熱した鉄器のうえを行くようであった。人々は、喘ぎ喘ぎ、犬のような呼吸をした。舷側の潮煙を、熱砂ではないかと思い、今にも、海に地割れがして、裂き分れるのではないかとも疑った。

こうした西風号は、うなだれた三角帆を前檣に半旗をかかげ、北緯四度に近いマラッカの海を漂ってゆくのだった。

そこへ、ドヤドヤ足音がして、水夫どもが降りて来た。入るとその一群に、熱の香が攪《か》き立てられて、なにか、体臭と云うよりも、腐肉のような匂いがした。

胸毛、古傷、半裸体の瘤々《りゅうりゅう》たる肉塊――それが汗と塩気で、樹脂色に光っているのだ。そうして、この連中は、すぐと淫らしげな藪睨みを、屍体のうえに馳せはじめたのである。

「なに、銛でだ――と、銛《もり》じゃどうにも殺されたたぁ云えねえな。奥さまは仕止められたんだ。聴けば広間にある、銛が見えねえとか云うが、こんな暗がりに、重てえ銛を投げてよ、それで、一発たぁ凄えにも程のあるお猟師さまだ」

胸毛を掻き掻き、妙なスガ眼をして、この連中の、黄色い舌からいかがわしい耳語が洩れてゆく。

しかし、窮局の疑問は、なぜ葛子夫人が、波江の室で殺されていたかと云う事である。その二人が、事件の直前に、室を取り換えたと云うのだけれど、そうなると、狙われたのも、両者の孰《いず》れであるか分らなくなってしまうのであった。

しかし、そうした疑惑も、他所事のように、法水は耐らない不安に悶えていた。

「いよいよ今夜か。ここで一つ、十八郎がブルッと身震いしてみろ。そうすりゃ、何もかもそれでお終いになってしまうんだ。見ろ、此奴らは何だ。訓練と忍従以外には、何ものも知らぬ家畜じゃないか。しかも、十八郎の牙を持つ獰猛な家畜なんだ。今までは、仮面をかぶって、妙な賓客面をしていたが、いずれは檣《マスト》の上で、標的にされねばならぬ運命がある。今夜この事件で、十八郎の理性がふっ飛んだら、事だぞ」

しかし、相手を見て、依然変らぬ死灰のごとき落着きを知ると、いよいよ彼は、自分が流沙のなかへ、埋もれてゆくような気がした。ただ焦《いら》だつばかりで、砂に爪を立て這い上ろうとしても、砂は肩に、頸にまで及んで、わっと、喚《わめ》けば口の中に入ってくる。彼はこの一夜に、今まで辛くも保たれていた、均衡が破れるのではないかと思った。

そうして、ジリジリ殺気立つ気配を、駸々《しんしん》と身に感じているうちに、突如船尾の方で、ポチャリと水音がした。

甲板に出ると、スマトラ側の空が、物々しく光って、赭《あか》い節くれ立った、幹のような雲が水に散った。そこは、岸辺に近く、土人の魚柵が、灌木のように見えるのであるが、それにどうやら、人かと見えるものがぶら下がっている——ちょうど、砲弾に折られた、樹の皮が、ただそれだけ、ぶらりと下っているかのように。

それを、水夫長が、帆綱につかまって伸び上りながら見ていたが、

「ああ、道理で、あいつが見えねえと思ったが、ねえ旦那、司厨夫の野瀬の奴がですよ。ふだんからひ弱えんで、わっしも気遣っていたが、あいつが、この暑さにやられるたぁ思わなかった。何しろねえ旦那、この蒸し方ときたら、臓腑が湧き立ちでもしそうなんで、ついフラフラとなるし、今あった事でさえ、頭からすうっと飛んで往ってしまうんでさァ。ですから、この海峡じゃ、証言は一切無用だと思いますがねえ。

一つ、御覧なすっておくんなさい」

そういわれて、法水が舷側から覗き込んだとき、いま引きこまれた、司厨夫と同じような錯覚を感じて来た。海は、粘っとりと黒く、降りれば歩けそうな気がして、船具の影が土龍《もぐら》の穴のように見える。

彼は、どこか蜒《うね》りの蔭から、差し招く手のあるような気がして、海の神秘の気を吸うまいと口を閉じた。しかしそのとき、背筋に何か、ぞっと触れたような気がした。それは、新らしく、一人の敵が殖えたと云うことであった。

「法水、お前には、ただ一つ重大なものが欠けているんだ。そいつは体力だ。所が、今夜のこの艇は、男の世界なんだ。まず、智力は第二で、一にも二にも、肉体が物を云うんだ。だが、いつまで、この湿度に耐え続けられるか、疑問じゃないか。こう眼が霞み、頭が茫《ぼう》っとなってゆくようじゃ、もし今夜、あの危機に見舞われたとしたら、どうする。奇策智謀を、絞り出さねばならぬときに、それを生み出す体力の衰えをどうするんだ。どうか、何事も起るな。今夜さえ無事に明ければ、機会はいつかまたあるもんだ」

こうして、司厨夫の投身に、致命的な衝撃をうけて、彼は暑気に負かされてゆく、肉体の弱りを感じはじめて来た。

しかしそうして、未来と云うものに、全く自信を失ったとは云え、反面には、どうせと思うと、妙に棄鉢な考えも湧いて来た。どうにでもなれ、獣でさえ、追い詰められると、最後の草叢から猛然と躍りかかるじゃないか。

そう思って、十八郎を見たとき、不意に背をドンと突かれたような気がした。折から、水夫長は舵機室に行っていて、そこは二人だけの世界だった。

「ねえ瀬高君、君には僕の性格が、あまり愉快じゃないだろうがね、しかし、人の心を、鍵穴から覗く術ぐらいは心得て居るよ。どうだね、打ち明けたら、どうだ。君しか知らぬ人間が、一人この艇に、かくまわれているのは何だ？」

「なに」

狼狽の、何たるかを知らぬ十八郎の額が、ビリッと震えた。

「なに、儂《わし》しか知らぬ人間が、この艇にかくまわれて居る——と」

「なるほど、案外精神的には、君も冷血動物だな。フム、知らぬと云うか。では聴くが、君が続けていた、あの貼紙は何だ？　あの時から、この艇には、一人新しい乗船者が殖えているんだ」

法水の、われを忘れるような激しい情熱に、十八郎は、ちょっと蔑《さげ》すんだような微笑をして、「ウム、あの貼紙を、儂がしたと云うか……。しかも、寄港もせぬこの艇に乗船者がいると云うのか……。ハハハハ、法水君。こりゃ儂も、このまま黙り通す方が、勝らしいな」

「当り前だ。幡村以来、陸地を拝まずでよ。それで、蚤一匹、乗船者があって堪るもんか。だが、真逆に、あれを忘れやしまいな。あの夜幡村で、君は僕に何と云ったね――。僕の処分はいずれは君の友人の、乗船を待ってと云ったのは……。しかし、公海を走る、この艇に乗船者のあろう道理はない。そこへ君は、あの貼紙で乗船者のあったことを、報らせてくれた。君は、いもせぬ乗船者の名を示して、死刑と、僕に鋭く浴びせかけたんだ。これからは、未来と云う暗がりに全く自信が持てなくなってしまった。今にも、明日にも、今するこの呼吸が……。ハハア分った。ファン・ワルドウ号に君の手が伸びて、茂木根秘密機関の実力を、僕に見せつけての上でか……」

「だまれ」

突然十八郎が遮って、叱咤するような声を浴びせた。

「儂はそんな、土龍のように土を掻いて、君を陥し込むようなことはせん。いずれ君には、儂の友人を紹介するが、それまでは、誓って君の身体には一指だに触れんぞ。いや、むしろ、君に敵意を捨てろと勧めたいくらいだ」

「なに、敵意を捨てる……」

十八郎の意外な態度に、法水はホッと救われたように感じたが、

「ば、莫迦な、僕が礼帽を抱えて、君に伺候出来ると思うのか」

「いや、儂と一緒に、歴史を作って貰いたいのだ。儂は、一度懐中に入れた以上、君

をあくまで離さぬぞ。ただ、此処で欲しいのは、君の裁断だけだ。どうだ、男らしく……否か。否なら、君の疲れ切るまで、待つだけの話さ。君が疲れて情熱を消耗し切ったとき――それでもよい――儂は、最後の鹵獲品《ろかくひん》として君を頂戴するがね」

十八郎の、無神経な忍耐強さには、驚くべきものがあった。法水の、たぎった血が波と押し寄せても、ただひとり、冷静な男が傲然と構えていて動かなかった。しかし、法水の云う乗船者とは、何者か。現に、艇にはいず、単に十八郎が名のみを示したと云うが、その疑問は、もう暫く作者には発表の自由がないのである。所が、もとの室に戻ると、そこに思いがけない陥穽が待ち設けていた。

登江が何と思ったか、法水を見ると、屍体の傍らへ歩み寄って来た。それまでは、悲痛に歯を喰いしばっていて、一言も発しなかった彼女が、一同環視の真中で、屍体の胴衣を指差した。

「お父さま、これが何だかお分りになりませんこと。そりゃ、お父さまの色変りのお品ですけど、これが胴衣を着た兎なんですのよ。お母さまを、殺した奴の贈り物ですわ。お伽噺の『不思議国のアリス《アリス・イン・ワンダーランド》』を読みますと、最初に、胴衣を着た兎が出て来るんですの」

その言葉は、一同の前に、奇異な色の陽炎を燃え立たせた。見る見る、胴衣からも血潮からも色摺れがして来て、眼前の惨状が、およそ現実とは縁遠い、一枚の口絵のように思われて来た。

しかし十八郎は、狂わし気な登江を、憐れむように見て、

「可哀想に……。誰だって、この暑さに母親が殺されたとしたら、頭がどうかなる。道助、登江を静かに臥《ね》かしてお遣り」

「いいえ、お父さま」

登江は、屹《き》っと首を振ったが、その瞳は冷やかに冴々としていた。

「私も、何故その人が、黄色い胴衣を着せねばならなかったかは、存じません。ですけど、お母さまのことを、その人が兎と云ったのを、知っていますわ」

「ふうむ、すると、それを誰だと云うのだな」

見る見る引き緊って来た空気のなかへ、十八郎の重たげな声が流れた。

「この方です。いつかの晩、お母さまの星が、兎星《ハーゼ》だと云ったのを聴きました。法水さん、貴方はなぜ、お母さまをお殺しになったのですか」

瞬間、扇の音がパタリと止んで、ビショリと濡れた顔が、一斉に法水へ注がれた。流石《さすが》の彼も、血の気を失って、暑気にうかされて見る、少女の幻影に釘付けされてしまった。

とその途端、登江の身体が、振子のように揺れはじめた。冷たい汗が、支えている、道助の甲をスウッと滑って滴った。

「登江、ねえ登江、しっかりして……」

「いいえ、これが明らかになるまで、私、この室を一寸も動きませんわよ。ねえ法水さん、もし貴方でないとしたら、それが誰か、教えてさえ頂けばよろしいんですの」

法水は、眼に流れ入った汗で、漸く自失から呼び戻された。

これが、少女らしい幻覚とは云え、容易ならぬ危機であると思い、何とかして、この難境を打開せねばならぬと考えはじめた。そうだ、たとえ詐術であろうが、舌の魔術であろうが、神策鬼謀をこの一機に集めて、遁れねばならぬ。

そうして、やがて登江に、静かな諭すような声で云った。

「登江さん、それは、あの貼紙をした人間なんですよ。お母さまも、末期に、その人物の顔を見られた筈です」

すると登江の瞼が、ピリッと震えて、何か両手で摸索するように、宙を掻きむしった。と次に、道助の咽喉が、喇叭《ラッパ》のように膨らんできて、それまで耐えていた吐瀉物が、唇の端から流れはじめた。

間もなく二人は、水夫に抱え上げられて、この室から去って往ったのである。

しかし法水が、吐瀉物の匂いに、ムッと催すにも拘わらず、波江は意外にも、冷然と屍体を見詰めている。その間十八郎は、法水を興味ありげに見やっていた。顎を微かに上下させ、一分一寸と、相手の心を推し測っているかの様子だったが、

「いやいや、君もこの暑さに、あてられたとは意外だったな。ねえ、そうじゃないか。当分この室は、真暗だった筈だ。そこへ、光りを向けりゃ、叫び声も出たろうし、むろん、どこかに格闘の跡がなけりゃならん。一体君は、どうして葛子が、その人間を闇の中で見たと云うのか」

貼紙をした人間とは、暗に法水が、十八郎を指して云うのだった。それにも拘わらず、鞭を振って嬲《なぶ》りかかるような態度を、十八郎は示した。

「そうか、では、光りを向けたそいつの名を云おうか。あれを見給え、共犯者が、彼処にいるんだ」

そう云って窓越しに暗夜の海上を法水が指差した。そこには、光りの尾を、スウッと二つ引いて、紅と白の玉が闇を劈いて戯れている。

それを見て、はじめて一つの謎が解けたような気もし、同時に、兇行の行われた時刻も局限されたのであった。

「どうだ、あの撞球台が分らなけりゃ、君は盲目だ。英領モデナの突角にある、双角岬の燈台なんだよ。所で水夫長《ボースン》、この艇が、燈台の灯のなかを、通過する時刻が分ればいいのだがねえ」

「サア、通過するって云うよりも、まず掠めたくらいの所でがしょうな。十一時二十四分から始まって、六分ばかりの間でした。なるほど、燈台の灯が掠めた一瞬の間に奥さまは殺《や》られたんだ」

「それでは、君に、その貼紙とやらを見せて貰おう」

十八郎が、今までにない鋭さを見せて云った。

「あるとも、サア遠慮なく見給え。てっきりあれと同じものが、傾《かし》いでいる位置もそのまま、ペタリと貼り付けてあるんだ」

しかし、結局は煙に巻いただけで、その謎のような言葉は何事も分らせなかった。第一、隅から隅まで捜し尽されたこの室に、あの貼紙が何処にあろう道理はなかったのであるから。

所が、一旦はバラバラに散った眼が、再び法水に集まると、彼はそこで、指先をトンと屍体の上に落した。

そして、伸ばしはだけた四肢の線を、そのまま連ねると、不思議にも、空に交叉したその二本の線が、鮮かなXとなりパッと眼に飛び付いて来たのだった。

が、十八郎は、扇を性急《せわ》しそうに使い出して云った。

「なるほど、こう云う暗合に浮き身をやつすようじゃ、君の性格もあまり愉快じゃないね。だが法水君、まだこの儘じゃ何も云いはせんぞ」

「では、口をきかせるが、まず右手の先にある、画額《がく》は何だ。ナイゼル・フォン・ネッケの木版画じゃないか。それから、左手は、隅の睡椅子《ソファ》を指差しているし、右足は酒瓶《ワイン・ビン》棚に、そして左足は、此処にある、黒檀《エボニイ・キャビネット》の簞笥を差している。そこで、その四つから頭文字を取ってみるんだ」

W・E・N・S――あっ、屍体の描く不可解な羅針形《カンパス》――。

一同は、法水の手に掛るものが、悉く異様な光彩を放ち、劇的な瞬間が、それからそれへと、ひっきりなく絶えぬのに呆れてしまった。

すると彼は、次に磁石を持ち出して、屍体の腹の上に置くと、そこに鮮かな連字符が、貼紙との間に引かれた。ちょうど、地図に貼られた、枯骨の紋章がそうであったように、屍体の描いたXもやはり二十度右に傾いでいたのである。

十八郎は力なく扇を垂れて、一筋汗がつうっと糸を引いて落ちた。さすがの彼も、これには度肝を抜かれてしまったらしい。

「ふうむ、傾いでいる角度まで、こりゃピタリと同じじゃないか、驚いた、儂も潔よく兜を脱ごう。だが、そこまでは、当然異議がないにしても、この形は、一体誰が作ったのだ？　君の云うあいつか、それとも、葛子自身でか……」

どんな惑乱の中でも最後の一言だけが、ぐんと踏み耐えていて、いつも、瀬戸際から猛然と押し返して来るのだった。

しかし法水は、心中嘲笑うように、呟いていた。

（ハハハハハ、虚々実々、硬軟両様の策とは呆れたもんだ。さっきが口説で、今度は、手剛い、嚇《おど》し文句と来たな。よろしい、どっちだろうと、よしんば懐柔策だろうが、一挙に葬り去ろうとする策戦だろうが構わん。大嘘を交響楽にのせて、この危機を叩き破ってやるんだ。ハハハハハ今までの貼紙は、いかにも貴様の仕業だったろうが、生憎とこの屍体のは僕が即興的に思い泛んだ洒落なんだ。どうだ十八郎、貴様に譎詐変通自在の才があり、徹底的な冷血があれば、この法水にはメデュサの力がある。見ろ、一度この顔を見て、石とならなかったものがあったか……）

彼は、自分の危機を忘れたかの如く、満身に凄愴な気魄を漲らせて行った。

が、その時、十八郎の瞼が重たげに開いて、二人の視線がハッシと打《ぶ》つかった。いよいよ終曲《フィナーレ》、決勝点に切迫してゆく、この数秒間暫しの沈思の間に、練り上げた秘策が、輸贏《ゆえい》を決しようとするのだ。天秤の針が、ビリビリ震えはじめてきた。人々の間にも、微妙な感触が伝わって、息を凝らし、まさに展《ひら》かれようとする巨人の決闘を見守るのだった。

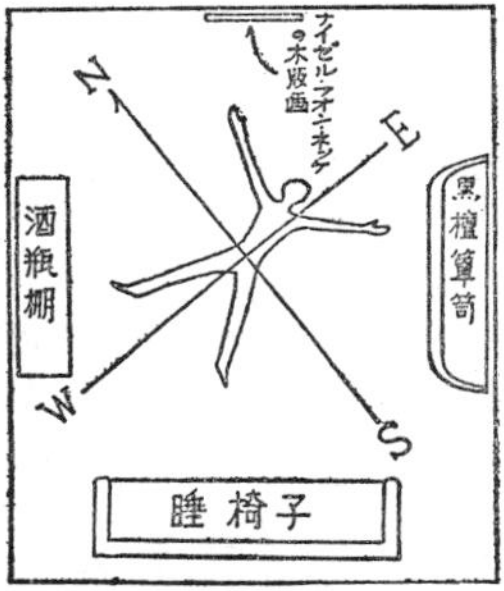

やがて、十八郎が重ねて同じ意味の言葉を云った。

「だが、どっちにしろ、この形から、一人の名が飛び出さなければならん。法水君、まさかに葛子は、それを君と云ったんじゃあるまいね」

所が、続いて唇を動かしかけた、法水の態度が俄然一変した。眼の光がいきなり消えたかと思うと、十八郎の腕を摑んで、廊下へ引っ張って行った。

「サア、此処で取引だ、洞察打算に長けた君なら、この取引に異存はあるまいと思うが、君は、この品を、一体いくらで引き取ってくれるね。ものは知っての通り、仕立上りの経帷子《きようかたびら》だ。が、少々、この仏様には丈が長過ぎてね」

「それなら、丈の合う人間に持って行くさ」

十八郎は、最初冷酷に突っ放したが、すぐ思い直したように、

「だが、マア折角の話だし、聴くだけ聴くことにするかな」

「ハハハハハ、飛び付きたいのを、じっと耐えて……魚のような顔をしてか。だが、これなら申し分はあるまい。一銭一厘恨みっこなしの、ギリギリ結着と云うところだ。マア聴いてくれ、僕が生涯、犯人の名を口に出さぬのを条件にして……」

「ふむ、それを条件に、君の要求はなんだ?」

「それは、あの秘密文書の、六枚目を渡して貰うことだ」

最後の切札。場札は、伏せてある、葛子殺しの一枚。それに、法水の指が躍って、ピシリと重ねられた。

「つまり、何もかも、幡村《はたむら》解纜のあの夜に戻してしまうんだ。憶い出してくれ、あの晩、君が何と約束したか。僕が発見した、あの一枚と引き換えに、君は寄輪の鉄仮面

──種子の夫、蓮蔵路馬助の救出を誓ってくれた。所が運命は、僕に、譜にもない曲を弾かせてしまった。あの一枚は君の手に落ちて、僕は、どうなるか分らぬ身を、この艇と共に漂うことになった」

法水は、通路の壁に、グタリと背を凭せた。その眼には、もはや鬼神的な閃きはなかった。じとりと霑《にじ》んで、無限の感慨を罩《こ》め、遠く消え去ろうとする、燈台の灯を瞶《みつ》めている。

「ねえ、静かに話そうよ。此処なら屍体の臭いもないし、大向うもなけりゃ、亢奮もないんだ。僕はそれを受け取って、次のメダンで下船しよう。君は、その後で、権力狂の本領を発揮するさ。当主とは、名のみの道助、君の周囲には大宰相の光輪が輝く。日本全土が、君の前では阿諛《あゆ》追従者《ついしょうしゃ》に堕落してしまう。だが僕は、自分の自由と、一人の女の悦びとだけで満足するよ。ねえ瀬高君、恐らく、こいつは値段じゃなかろうぜ。僕は茂木根の重さが、一体どれほどあるか知らないが、それと引き換えに、貰うのは甘酸っぱい女の涙だけだ」

「なるほど、話はようく分った。君が、あの年増女を抱いて涙をそっと拭き取ってやる、それで、俠名一世に高しか。しかし、分らんのは、儂が何故、君の要求を容れねばならんかと云うことだ」

「分らん──そうか。君は、この一刻が、世界歴史の舞台裏だと云うのを、忘れているな、歴史を捏造しようと云う、大山師の態が、それか。止めちまえ。一人の男の、自由にこだわって、策謀家精神を忘れて、それで、英雄が伝説がとは何だ。見ろ瀬高の一家は、今に寄輪へ、しがない牝海豹殺《めすあざらし》しとなって現われるんだぞ」

「すると君は、波江が犯人だと云うのか」

「いや、波江なもんか。あのジュリエットは、ただもう恋をして、花を掴んでいさえすりゃいいんだからな」

「そうか、では折角だが、その取引は破談にして貰おう」

遂に、威嚇が効を奏さず、法水もさすがに断念《あきら》めてしまった。

十八郎の粘り強さ、未曾有の活力に至っては、岩にぶっかかる水のように手応えがなかった。そして、この上は、奇策智謀をこの一機に集めて、寄輪望楼の鉄仮面――路馬助を、種子の手に与えねばならぬと決心した。

所が十八郎は、いきなり背を向けて、もとの室へ、黙々と入って行ったのである。小僧、吐くなら吐け――その言葉を、真向から浴せられたような気が、彼にした。遂に、あらゆる策が尽き、最後の土壇場に辿りついてしまった。

見よ、傲然たるこの挑戦――しかも今度は、不敵にも十八郎が火蓋を切り、二人の巨人は、いまや寸尺の間に迫ったのである。

所が、十八郎を追って、室に入ったとき、何を見たのか、法水はクラクラと蹌《よろ》めきかかった。空洞な眼を、壁の画額にじっと注いで、顔は一瞬の間に、滴《したた》らんばかりの汗になった。

彼は画額の中に、一つの、ある怖ろしげなものを見てしまったのである。

（もう、一切が終りだ。何と云うことだ、僕の捏《で》っち上げた大嘘に現実の翼が生えてしまったのだ。どうなるんだ、犯人は、あの仮名の人ではなく、まさに十八郎だ。しかし、その名を口に出したら最後、僕には墓標さえもなくなってしまうんだ。斜檣《しゃしょう》から、逆さに吊されて、船首《みよし》飾りのサンタ・マリアと、死ぬまで接吻をせんけりゃならん。ああ、種子、路馬助……。この一本の樹が、根元から切り倒されてしまうとき、あの一摑みの木の葉は、一体どうなってしまうのだろう）

口に出すにも出さぬにも、悲惨な闇黒であるには、変りないのであった。運命に、またもや欺かれた――そうして思わず唇を噛んだ彼に、突如疲労が襲いかかってきた。眼が茫《ぼう》っと霞んできて、恐ろしい顔や、懐かしい顔が、彼の上へ覆いかぶさってきた。

それを見て、十八郎が不審げに、眉を狭めて、

「オイ、どうした法水君、どうしたんだ？」

「いま、なにか霧のようなものが、通りはしなかったかね」

「なに、霧？」

「なんだか、僕の前を、ふわりと通ったような気がするんだが」

法水が、曇った眼で、変った呼吸付《いきつ》きで、相手をぼんやりと見上げたとき、十八郎の手が、倒れかかった身体を支えて抱き上げた。

その時、驟雨《スコール》の襲来に、甲板が簇葉《このは》のように鳴りはじめたのである。

彼は、意識を失った法水を、軽々と抱えて甲板に出た。滝津瀬をなす雨の下で、二人の巨人がとった容《ポーズ》こそ、それは異様な壮観であった。

雲が、艇の真上で引き裂けて、それまで、繋ぎとめられていた、風の大群が解き放された。肌についた襯衣《シャツ》が、ベリッと剝がれても、艇が独楽《こま》のように廻りはじめて海水が打ち込んで来ても、十八郎は不動の睥睨を変えなかった。

仁王立ちに突っ立って、法水を軽々と抱え上げて、その眼に、生涯この非凡な男を、離すまいとする熱情が燃えさかっていた。

こうして、十八郎と云う男が、いよいよ奇異《ふしぎ》なものになってしまった。その茫然たる、測り知れぬ巨きさには、次第に法水も、敵とするのが、苦痛になって往った。

二、SOS燈台

所が、翌朝になると、西風号は針路を逆にとり、帰航の途についてしまった。

日除けの位置も変り、それまで左舷に見えていた、スマトラの山が右舷に現われた。

やがて、緯度を高めて、今日——十月十日の朝は、ルスン島に近い、バラバエラ礁湖を望見した。

しかし、その間に、法水は帰航の理由を発見したのであった。

それは、あの一夜の凪で、航程が狂った為めに、ファン・ワルドウ号と、ベンガル湾の礁脈地、十度海峡で出会することが出来なくなってしまったからだ。

それまでも、この二十世紀海賊の襲撃は、何時か。高井、横山の二人を葬り、寄輪四人委員会を一手に握ろうとする十八郎の巨腕が、その乗船ファン・ワルドウを、いかなる手段で打ち沈めるかに興味を持たされた。しかし、長柄の鉤で、舷べりを引き寄せ、大太刀を振い、躍り込むと云うのは、時代の夢である。多分暴動か、それとも暗礁を、利用する以外の手はと考えていたのが、計らずも此処で理論付けられてしまった。

それから、海図を此処《ここ》彼処《かしこ》と接しているうちに、彼の目は、一つの絶好とも云う場所に止まった。

そこは、東経百二十四度二分、北緯二十三度の北回帰線上であって、石垣島の南々東三十浬の海上である。諸君も、噂に聴く盤礴礁脈を御存知であろう。

漁堆島の燈台を中心に、円周約十浬ほどの間は、文字通り、船員《マドロス》どもの怖れる暗礁の海《デンジャラス・シー》なのである。

そこで、鯱《しやち》となった西風号が、巨鯨を屠るか――。両者の速力を、比較計算してみても、多分出会うのがその辺ではないかと思われた。しかし彼は、何とかして、巨船の遭難を、未然に防ごうものと心を砕きはじめた。

「ねえ法水さん、あれからひどく、事件には冷淡な御様子ですけど、私の考えじゃ、お義母さまが身代りじゃないかと思いますわ。ほんとうは、私を殺そうとして、でも室が真暗で、変っていたものですから、お義母さまが殺されたんじゃ……」

波江と二人が、船尾にある錨綱に腰を下していた。

そして、海豚《いるか》の背や、群がる海洋蜂や、泡を立てて、後へ後へと逃げてゆく船脚を眺めていた。

「すると、何か、動機の心当りでもあるのですか。いや、たしかにありゃ司厨夫ですよ、きっと、あの暑さで海豹《あざらし》を狩る幻覚でもみたんでしょうよ」

そう云いながらも、胸が躍り、波江の腕の絨毛《むく》が、金色に輝くのに見惚れていた。

この娘が、ひどく道助には冷淡であって、その態度も姉的なのを考えると、そこには何か生理的な心理的な原因があるのではないか。そして今も、二人の薦骨《こしぼね》がグリッと触れ合ったとき、波江は、ハッハッと呼吸を吐き、熱ばんだ眼でじっと見詰めたのを思い出した。

しかしその時、彼は波江に、重大な決意を洩らした。

「貴女は、僕を信じてくれますか。たとえば貴女のお父さまが罪人にならねばならぬとしたら……」

「エッ、父が罪人に……」

「ですから、僕はそれを未然に防ごうとして……それには、ぜひ貴女のお力が必要なのです。ねえ波江さん、僕を信じて頂けるでしょうね」

「ええ」

波江は白い頸窩《ぼんのくぼ》を見せて、項垂れた。それには今の駭きと、全く別の感情が顫えているのを、法水は見た。

「何時でも、仰言るときに、でも……」

「それは、無電室からSOSを打って頂くのです。いいえ、この艇の遭難じゃありません、お父さまは、貴女が何事も疑わず、ただ僕の指図を俟って、SOSを打てば救われます」

それから、二週間の後、十一月一日に、西風号は漁堆島に到着した。

その日は、朝から鉛色の雨が降っていて、緯度線を、七、八つ飛び越えたような寒さだった。が、夕方になると襞雲が皺のように離れて来て、その隙間から一条の落日が孤島の上に突き刺った。

そのとき、はじめての遠望に、もう一つ、島続きに廃塔のあるのを発見した。

白堊に、二本朱線のある、盤礪燈台は本島だが、そこから二浬ほど岩礁続きの島に、久しく廃燈になっている狐色の塔があった。それが、油燈の頃活躍した、以前の盤礪燈台なのであった。

所が、西風号は、停船すると同時に、全員が物々しい油布の外套を着て、一部は短艇で漁堆島に向った。

そうして、戦機の迫る異様な圧迫感が、夜と共に、霧と共に立ち罩めて来たのである。

「分った、十八郎は、あの二つある燈台を利用しようとするのだ。新燈を消し旧燈を点けて、目測二浬の差……。ああそれで、ファン・ワルドウ号の針路を、暗礁の上に導こうとするのだ」

そう思うと、全身の血が、逆流するような焦だたしさを覚えて来た。そして、いつか香港の沖で見た、ナチスの誇り大洋巨船《オーツエアン・ダムフアー》の姿を想い泛べた。

西風号には、上海碇泊の間に追い抜かれてしまったが、二本の朱線に、猪首の煙突《ファネル》を小粋に傾げた浮宮殿《フローティング・パレス》。そのときは遠望で、さしもの豪華船も、白い幌のかかった乳母車としか見えなかったのである。

が、果せる哉、陽が沈むと同時に、新燈は消え、旧燈の光芒が波頭を掠めて照し出した。その頃から、海は荒れ気味になって、千切れた波浪の谷が、怖ろしく唸りはじめた。

「この荒天で、もしやの時、燈台の灯を目指さぬ救命艇はあるまい。し、しかし、上陸は愚か、第一あの岩礁で木葉微塵になってしまうぞ」

こうして、一本一本、頭の毛が逆立つような想いを続けているとき、隣りにいた、水夫長が彼に双眼鏡を渡して、

「覗いて御覧なせえ。ナポレオンじゃねえが、ありゃ樹木か縦隊かってところでさあ、どうです、ぼっと、赤いものが見えるでしょう。あっしはね、若い頃、大西《グレート・イースタン》のルシタニアを見ましたがね。今度のは、北独逸ロイドのファン・ワルドウでさあ」

その時、光の珠のようなものが、水平線に現われた。近附くに従って、炎々たる海上都市の輪廓が描かれてゆく。

ファン・ワルドウ号は、雛段のような灯りを船尾まで連ねて、刻々と運命の断崖――暗礁の海に近附いて来る。

それが、十一月一日午後八時五十五分――。しかし、盤礁旧燈台の灯は、そのとき展望廻廊《シュピーゲル・ギャレリー》にいた、事務長が認めた。

「君、ちょっと見給え、ありゃ一体何だろうね」

「ああ、盤礁燈台ですよ。しかし、複連明暗《グループ・オツカルティンク》にしても、あの光りの、閃点と線が……。アッなるほどこりゃ変だ」

と三等運転手《サード・メイト》の眼が異様に据わってきて、それから、舌で叩くようにして、光芒の明滅を計りはじめた。

「こうなんです。トトト、ツーツーツー、トトト……、アッ事務長、ありゃ、発火信号でSOSと打っているんです」

「なに、遭難信号《エス・オー・エス》……」

しかし事務長は、一眼鏡《モノクラ》を外して、悠《ゆ》ったりと拭きはじめた。

「しかし、意味が分らんにも、凡そこの上なしじゃないか、本船が、救助を求めると云うなら、そりゃ分るが、燈台が、本船に危難を通じたにしろ、停船は出来やせんぜ」

「そりゃ、よく分ります。しかし、あの燈台には、いま何事か起っているんです。昔ブルッセル号が手提信号で救われた頃は、まだまだ海員の衿持《ほこり》が高かったんです。ねえ事務長、一艘、自動救命艇《ライフボート》をやってみちゃどうです」

「ば、莫迦な、豪華船室《ルックス・カビネ》の本船に、客の動揺を起こすようなことをしちゃならん。いずれ、附近を、貨物船でも通るだろうよ。そんな事より君、今夜は久し振りで、T・S・F寿府《ジュネウ》でも聴こうじゃないか」

こうしてファン・ワルドウは、襲いかかる死の影を前にして、恐らく、そこで救われたかも知れぬ、最初の機会を逸したのであった。

しかし、その頃西風号では波江の手が、電鍵《キイ》をけたたましく打ちはじめた。それに法水は、一縷の希望を繋いでいて、もし停船が実現され、この艇の所在が分れば、自分にも、ともども救われる機会が訪れはせぬか。と悶える胸を、太鼓のように轟かせながら、闇の海上をゆく巨船の灯を見守っていた。

かくて、ファン・ワルドウにとり、実に第二の、しかも最後とも云う、救われる機会が訪れたのであった。

「おいチムメルマン君、何処かから遭難信号が入ったと云うじゃないか」

二等の食堂のヴェランダで、一等運転士《チーフ・オフィサア》のショルツが、無電技師《オペレイター》を摑まえた。

「うん、ただSOS、SOSとばかりでね。で、何処だと訊いたら、前方近距離とだけなんだ。それで僕も、切りはないし、業も煮えて来て、莫迦引っ込め――といま叩き付けてやった所なんだ」

「分った。しかし、この辺の何処かに、遭難船のあることは確かだ。いや、誰も火箭《ロケット》などは見んがね。どうだ、一番速力を落して、四、五艘、自動救命艇に駈け廻らせてみるか」

そのとき、蚤のような羽虫のような西風号が、僅か左舷一浬のところに、蹲まっていようとは知らなかった。

しかし、眼には見えず、空を網のように、覆い拡がってゆく無電の手で、巨船は断崖の一歩手前で引き戻されたのである。

そうして、間もなく速力が落ち、船橋から全船に命令が発せられた。

「おーい、自動救命艇の用意だ。遭難船は、左舷二浬先の漁堆島附近らしいぞ」

と、この時、ショルツの持った受話器が、ガチャリと音を立てると同時に、眼が、硝子窓を越して何ものかに止まった。

海は一面泡立って、船の灯を、雲のように逃げてゆく、水煙が包んでいた。所が、巻き返す波頭を、サッと掃いた光りに、思わずショルツの眼が、前方に跳ね上ったのである。

そして、暫く盤礪燈台の灯を、じっと見詰めていたが、やがて張り切った力が、スウッと抜けてゆくのを感じた。

それは、先刻の三等運転士と同様に、やはり、燈台の灯で打ち出す、発火信号を認めたからであった。

「おやっ、トトト、ツーツーツー・トトト、ふうむ、モールスでＳＯＳか、盤礪燈台で、吾等を救けよ《セーヴ・アワ・ソウルス》――と叫んでいる。だが、これで、闇の帳ややに開け《サンツ・オブータイム・アール・シンキング》――か。道理で、火箭《ロケット》が上らんと思ったら、お手持の灯りが御座ったわい。しかし、ＳＯＳでも、燈台の救援じゃ、おいそれと、本船が暇どる訳には往かんぞ。今に、物数奇《ものずき》な不定期貨物船《トランプ・フレーター》でも通るだろうよ。よし、今の命令は取消しだ」

こうして、運命の皮肉な手は、此処に悔んでも及ばない、暗合を作り上げてしまったのである。

十八郎の部下に襲撃されて、新燈を去り、旧燈に引き立てられて往った燈台員が、せめても危難を告げ、位置の変った燈台の灯を信ずるなと——乏しい機械力で、神よ、願わくば告げ給えと、打ち出したのがＳＯＳであった。

元来、この燈台は複連明暗なので、閃《フラッシュ》・線《ダッシュ》・閃《フラッシュ》となる、燈質は不自然でない。所が偶然、西風号で打ち出すＳＯＳに一致してしまったのである。そうして、万事が燈台に集中されて、魔の快走艇《ヨット》「西風」号の所在、燈台の位置を告げようとする、法水の怒号も闇に消されてしまった。

間もなく、燈台の灯を、海図と比べて精密に測りながら、ファン・ワルドウ号は、名だたる暗礁の海に乗り入れて往った。

おお盤礴山脈——艙底を狙って、海面下に屹立する、海神の戈の林。こうして、おのが身を焼くとも、燈火に惹き付けられずには、いられない蛾の運命と同じように、ファン・ワルドウ号は、運命の誘いに黙々と従って往ったのである。

が、その頃、舞踊酒場では、光と、夢を追う、虹のような旋律が漲《みなぎ》っていた。

「こう見えても、僕は、昔のルシタニアを知っとるでな。ひょろ長い、四本煙突の、柄の巨きな、まるで貴方、舷窓が八ツ目鰻みたいに並んどる船じゃった。所が、ルシタニアやタイタニックも、当時は、決して沈むものでないと信じられて居った。所が……」

「オヤ、これは鼻の頭の赤い詩人、貴方もやはり、自然には勝てんと仰言るのですか。ですが、いまだ私は、鋼鉄城廓《シュタール・シュロス》の沈んだと云う話はききませんぞ」

「そうじゃ、暗礁などは、打っ欠いても通るじゃろう」

「ハハハハ、暗礁のほうが、お気の毒様ってね」

と、その時、船首の吃水下で、引っ掻くような、ガリガリガリと云う響がしたかと思うと、今度は中央部から、ずしんと重い衝撃が伝わった。

椅子のマットがぐいと持ち上って、天井の金冠燈《メタルクローネ》がグラグラと揺れた。その瞬間、人々はハッと息を窒《と》め、船内の物音が一斉に途絶えてしまったのである。

そしてその静寂を縫って、水平独楽《ジャイロ》の、鈍い物懶《ものう》げな唸りが拡がってゆく。

その頃は、煮えかえり沸きかえる荒天に、西風号では、錨綱が気遣われていた。真上の空で、疾風がヒュッと怒号すると、甲板を、真白な泡が砂塵のように走ってゆく。その中を、微かな雷光で、つやつやした油布姿が明滅する。

しかし法水の、滴《しず》くの垂れる髪、食いしばった唇、両頬がひりひりして、眉毛は白髪のような鹹《しお》だ。

「ああ、やっと停ったぞ、これでよい。あの船の舵手は、何と云う男かな。かつぐ訳じゃないが、ここの船首飾りの聖マリアが、あの船にきっと向いていたんだ」

が、そのとき、突如全身を、電光のようなものが貫き走った。ドドドドと強い爆音を伴って、火の棒を描いた光箭が、中天で炸裂した。

続いて、二つ、三つと、絶え間なく噴泉のように湧き上って、戸惑った鷗が、くるくる周囲を飛び廻っているうちに、やがて疲れて大火焔の中に落ちた。

「ああ、ファン・ワルドウは沈みつつある……」

法水は、もう何も思わず、次第に小さく刻んでゆく、心動を聴いていた。

それは、現実の混乱、惨劇と云うよりも、むしろ画幅中の光景であった。五層の甲板が次第にひしめきはじめて、やがて太い真黒な線になった。

真蒼な顔、赤児を差し上げる女、船員の怒号、拳銃の響き。救命艇も、起重機の拍子で、人間をばら撒くか、海面に着いても、本船に吸い寄せられて、粉々になるのが多かった。

が、そうしているうちに、ナチスの誇り、北独逸ロイドの、巨船ファン・ワルドウの臨終が始まったのである。

三層ある舷窓の灯が、下から一筋ずつ水に呑まれてゆく。海面に近附くと、その灯が波に溶けて、キラキラ西風号にまで達するのだが、間もなく消えて、上層の灯が新しく映ってくる。

やがて、両舷からくねり込む波が、船橋《ブリッジ》の裾を洗い、甲板で凄まじい飛沫をあげはじめた。

その頃は、バラ撒いたような短艇で、船内には人影もなかった。船長のフォン・デホッフは、背後に腕を組んで、B甲板の階段をゆったりと上って往った。

彼は、二、三の火夫と、制止をきかない船客の数名が、射殺されたことは知っているが、いま無電室を覗くと、滅茶滅茶に破壊され、しかも四人の技師と、二人の日本人――それが、高井、横山の二人なのであったが――みな射殺されたり、脳天を火棒《ボーカ》で微塵にされているのを不審に思った。

「ハハア、救命帯《ライフ・ベルト》の争奪で、火夫にでも殺られたらしいな」

神ならぬ彼は、とうに茂木根の魔手が、船内にまで及んでいたことに気付かなかったのである。

所が、甲板に出ると、ふと眼に、茫《ほ》やっとした女の影が止った。

船首の手摺りにつかまって、服装の粗末な娘が、ひとり覗き込むようにして、舷側の水を見詰めている。

「アッお嬢さん、貴女、一体どうしたのです。なぜ救命艇にお乗りにならなかったのですか」

するとその娘は、蒼白な顔をあげて、船長をじっと見詰めはじめた。痩せた、透き通ったような、どこか性別を持つに足りない、か弱さがあった。

「ええ、私、夫が死にましたものですから、――射殺されましたの」

「射殺⁈　し、しかし、お許し下さるでしょうね。ああした場合の一発は、優に千人の命と釣り合うのですからね。で、どなたです、むろん三等でしょうが……」

「いいえ、火夫のトロップマンですわ。船長、私、貴方のお手で、夫の胸が射抜かれるのを見て居りました」

「しかし、トロップマンに、配偶者のあったことは、聴きませんでしたがねえ」

そう云われると、娘の頸がぐたりと項垂《うなだ》れた。船長は、その口から吐かれる告白に、こうも清浄な蕾のような娘があると驚いた。

その娘は、姉に誘われて、水夫に身を売りながら、横浜に行くと云ったが、しかも彼女を汚した、最初の男がトロップマンであり、また、それが最後なのであった。

「私は、そんな訳で、はじめて夫と云うものを知りました。ですから、もうこの船を離れたくは御座いませんの。救命帯は、廊下で安南人が、ひったくるようにして奪ってしまいましたの。ねえ船長、最後の短艇に、姉のマチルデが乗ったのを見て、ホッといたしましたわ。私、名を、ロッテ・ローテル……」

「いや、分りました」

船長は、沈痛な顔をして遮ったが、いま救命帯を、海に投げ捨てた軽挙が悔まれて来た。

「しかし、貴女のお生れはどこです？」

「やはり、貴方と同じ、グラーツで御座いますの。私、誇らしげに……誇らしげに死にたいと思いますわ」

「では、前橋の望台に上りましょう。私も、この船と共に……本檣《メイン・マスト》の灯と共に、沈まねばならぬ義務があるのです」

　それから、水面を抜く、百三十呎《フイート》の梯子を上ってゆくうちに、ロッテの口から「死者のために」の奉献誦が洩れて往った。

Domine《ドミネ》 Jesus《イエスス》 Christe《クリステ》

　すると、船長の重々しい、敬虔な声が反響をして

Sanctus《サンクツス》 Sanctus《サンクツス》 Domjnus《ドミヌス》 Deus《デウス》 Sabaoth《サバオト》

　しかしこのとき、西風号から見た光景は、船首を先に、沈みゆく巨船の最後であった。

汽笛も止んで、水に追われる船内の空気が、細い欠罅《けっか》から、楽音のような音を立てて遁れてゆく。

と、船尾に外套の襟を立てた、四、五人の奏楽部員が集まって来たが、その瞬間、船が真っ縦に水に刺って、人も楽器も、船首まで奔湍《ほんたん》のように転げて行った。

やがて、赤い本檣《メイン・マスト》の灯がスウッと消えて、海は凍えるような闇に鎖されてしまったのである。

そうして、黒いぶくぶく泡立つ、もの凄い渦が収まるまでは、絶えず海底から巨体の呻きが聴えていた。

船具の破片、木栓をぶち撒けたような屍体――生存者なしと云う報告も、あらかじめ予期されたように、盤礴旧燈を指し、漕ぎ寄せた救命艇の全部は、ことごとく岩礁に当って粉砕された。

「沈んだ……沈んだ……浮宮殿《オーツエアン・パラス》が、沈んでしまった」

法水は、張り詰めた気が弛んで、全身が、懶《だる》くほぐれそうな気がした。彼がもし、船上にいて檣の空洞に、反響する二人の歌声を聴いても、聖処女の、独逸魂のあの悲壮美を知ったにしても、目前の惨劇は、それを覆うべくあまりにも悲惨であった。

そうして、髪を乱し、睡っているように突っ立っているうちに、ふと、肩をポンと叩く者があった。

十八郎の巨きな影が、押し潰すように被さって来た。

「瀬高君、君は、君は……」

「ハハハハ、云われなくても分るが、そりゃ、ちと違いはせんかね。マア、聴き給え、人間の浅智恵が、どんなに怖ろしいものか、知らせてやろう。さっき儂は、燈台員が、燈火信号をはじめたのを見て、ぎくりとした。所が、波江に打たせた君のＳＯＳで、事態が急転してしまったのだ。暗雲は去った。儂の、運一つと云う際どい計画を、君の手が確実なものにしてくれたんだ。ハハハハ、運命かね、偶然かね。いや、どっちにしろ、儂は法水君、君に感謝するよ。その手だ、見ろ、君の顔に何と書いてあるか！」

この手、この顔――自分の打たせたＳＯＳが、巨船を海底に引き入れてしまったのだ。屠殺者……漁堆島の悲劇を生んだのが、この手だったのか――。

と、異様な泣き笑いをして、ふと眼を外らすと、舷を、そっと叩いて消える、蒼白い手首が見えたが、そのとき、潮煙を衝いて、一艘の自動救命艇が背後の舷側に着いたのであった。

記録にはない、ファン・ワルドウ号の二人の生存者……。

三、白格島《けんぽなし》の朝焼け

翌朝、微風を満帆にはらませて、西風号は、深碧の海を誇らしげに滑って行った。亜熱帯の秋の光が、空一ぱいに拡がっていて、鷗が、小魚をあさって群がる、幸福な朝であった。十八郎の野望を、もはや妨げる何ものもない。戦勝と、七日の航程のもどかしさに、水夫もその一日は何もしなかった。

所が、その朝、甲板に出ると、法水の眼が、何ものかに止ってぎょっとなった。十八郎と連れ立ってひとり、見知らぬ男が、海図室の前に立っているのだ。

「ウム、いよいよ時期到来だな。彼奴が、十八郎の云う乗船者と云う男か。いそいそ耳打ちをしているが、どうする、舵に縛るか、標的にでもするのか」

と、眼先が急に暗くなって、喰いしばっても激しい歯音が唇の間から洩れてゆく。

十八郎も、伏眼に歩み寄って来て、その男を引き合わせた。

「法水君、上念紐六《じようねんこうろく》を御紹介しよう。だが、これがどんな身分の男か、何処から乗船したか——儂は一切云わんことにする。ただ、君の想像にお任せしよう」

十八郎にはなかったが、上念と云われるその男の眼からは、激しい敵意の色が洩れた。年齢は、法水とほぼ同じくらいで、痩せた、顴骨の尖った、見事な仮面のような顔の男である。

元来が、残忍な顔なのに、眉毛が薄く、それだけ彼は不気味に見えた。この男は、十八郎の右腕、茂木根秘密機関の統率者であって、ファン・ワルドウ号では、火夫に化け、高井、横山の二人を惨殺したのもこれであった。

所が、上念が軽く会釈をして去ると、すぐ十八郎は、法水を誘って船室に降りて行った。

「当分波江を、室から出さんことにしたのだ……。いや驚かんでも、君が、その理由を知らんとは云わせんぞ。しかし、まだまだもっと驚かせるものがある。実はね、上念の救命艇に、ひとり妙な異人女が潜っていたのだ。ファン・ワルドウ号ただ一人の生存者さ。頗《すこぶ》る歴史的な奴だよ」

そう云って、扉を開けると、毛布の端に、長い人参色の髪毛が見えた。ぱちりと眼を開いて、陽に溶けた笑顔を向けて、その女は、起き上ろうとしたが、また倒れた。肉付きのいい腰の逞ましい、触わると、生温い水音でもしそうな肌、若いが、どこか淫らな放逸な影のある女だった。

「いや、その儘でいて宜しい。だが、どうせこの船にいるからには、儂も名ぐらい、知らぬ訳には往くまい」

「マア、私の名前ですの」

女は、臆面なく笑って、絨毛《むくげ》の生えた、桃のような腕を擦りはじめたが、

「さあ、スージーでも、イルサでも、ペペでも、でも大概は、お前のオッパイとか、肉釦《ブトン・ド・リー》のリーとか云われてましたわ。だけど、最初は、ミニヨンと云う、可愛らしい名《ニッションテ》

でしたけど、お女将さんが、小娘の癖に、よくよくマア年増女に生れついた女だって……」

「大分並べ立てたが、愛称だけで、どうやら、本名はないらしいじゃないか」

十八郎がクスリともせず云うと、女は、真紅な天鵞絨《ビロード》のような舌を、ペロリと出して、

「マア、駱駝《シヤモー》の旦那、でも、安府《アンヴエルス》じゃ、私、シモンヌ・ヴァン・ロワイアンと云ってましたの。オヤ、こちら御存知なの。ヴァン・ロワイアンが、伯耳義《ベルギー》の旧家だってことを。敵わないわねえ。じゃ本音を吐きますから、この鑑札《パピエ》を見て頂戴」

と、肌着から取り出して組んだ足を解《ほぐ》すと、形と襞が、ペタリとそのまま裸像を作った。

「フン、公娼鑑札《ラ・カルト・ド・ラ・ファンム・ピュブリク》、国籍墺太利《オーストリア》か……」

読み下していくうちに、法水の瞼がピリッと顫えて、

「ふむマチルデ・ロー・ローテルリンゲン……。君が、あのローテルリンゲンか……」

驚きの眼を、十八郎と交して、しばらく、淫らがましい獣のような女を見下していた。

瀬高家の祖、静香を生んだ、尼僧ヨハンナ・ローテルリンゲン。その胤《たね》が、茂木根

織之助か俳優冠助かに、西風号の載せた浪漫的な秘密があるのであった。

もちろん、マチルデは、巨船の最後を飾ったロッテの姉――。しかし妹とはちがい、好きで身を落した、先天的な娼婦であった。

「ねえ、なに黙ってんの。昔はこれでも、ガスタインの殿様よ。私、実は、日本に捜しものがあるんですけど。いずれは、私の御贔屓になってて下さりゃ、きっと分りますわよ」

こうして、マチルデが、実に異様な存在となって出現した。十八郎を、叔父《パパ》さんと呼び、駱駝《シャモー》と、実に猥褻な罵り方をする彼女も、法水にはひたひた、まるでカスタネットにでも乗りそうな媚態を寄せて来るのだった。しかし法水には、その日から、不安と憂悶が募って往った。

「あと、三枚だ。柱暦を、もう三枚めくると、その艇は寄輪に着くんだ。一枚目にか、二枚目にか。そこで、射たれるか、逆吊りにされるかだ」

と、命の覆衣《ヴエール》が、一枚一枚剝ぎ取られてゆくように、彼は日毎手に残らねばならない、日付を瞶《みつ》めては悶えていた。

波江はあれ以来姿を見せず、道助と登江は今なお病床にあって、艇はマチルデを中心に、いかがわしい戯れ言葉が投げ交されていた。

が、結局遁れる方法と云っては、何とかして、見張りのない彼を――スカートから、男喰いの匂いをプンプンさせて、一声Foquen《フォーケン》と叫ぶと、全船の水夫がシャンとなる彼女。それを利用して、見張りを外す以外に方法はないと思った。

そして、その夜、こっそりマチルデを訪れようと、室を出たときであった。月明に濃く、昇降階段に倒映している、二つの影のあるのを見た。

「だから、僕は云うのです。貴方は、あの猛獣を馴らして、いまに礼帽を冠せてやると、力味返って居られる。しかし、それは到底出来ますまい。お考え直して、もう一度考えて頂きたいものです」

どうやら、上念の声らしく、十八郎の巨きな影法師は、凍ったように動かない。

「とにかく貴方はとんだ夢を、描いていらっしゃるのです。あの猛獣を従えて、寄輪の露台から、どよめく歓呼に会釈するときの快感に酔って居られる。し、しかし……」

「いや上念、どんなに法水が踠《もが》いても、この鉄の骨だけは、到底嚙むことは出来んよ。しかし、君はさっき経緯度板を書いていたが、あんな芝居掛った道具立てで、一体何をする積りだ」

「そりゃ、あんな奴にも、墓だけは必要ですからね。あれを、まだびくびく動いているやつに、括り付けるつもりでさあ。今度は、鏖殺《おうさつ》じゃない、狙い打ちなんです。それも今夜にです。閣下この月で、さぞ青い血が流れましょうな」

その声は、低いが鋭い、上念の徹底的な冷血――もうこの男の、神経を刺戟するのは血煙り以外にないのだった。

「それで、儂の承諾を求めに来たのか」

「ハッ、流謫《ドライド・ギロチン》の期間は、とうに過ぎたように思われます。今夜、訓令を頂かねばなりません」

「フム、訓令……そうか」

十八郎の声が、ちょっと途絶えて、沈黙《しじま》を、殺気の寒々としたものが流れて往った。と、突然ガリッと、顎骨のはためく音がして、上念の身体が、板のように宙を流れ甲板に叩き付けられた。

「署名はせん。やりたくば、空手形を勝手に振り廻せ。あの男には、儂が直接手を下すぞ」

その言葉には、一つの語尾が、彼の死を誇らしげにすると云う要《かなめ》なものが欠けていた。こうして二度法水は、十八郎の巨像のような風格に接してたのである。

一度は、マラッカ海峡で、風が密林のむせぶような花粉の匂いを運び、驟雨に、海のあらゆるものが蘇えったときであった。

しかし、結局一日延びたことは、彼にとると、拷問のような苦痛でもあった。刑吏の不手際で、呼吸をしながら、のたうち廻っているような自分が、この時は、つくづく憫《あわ》れに思えて来た。

よし、首の助かる方法が、まだ一つあるぞ。相手の首を、自分の首より先に、床へ打ち落すことだ。そうして彼は、最後の死闘を試みようと決心した。

所がこうして、殺気をはらみ、微かに動きはじめた秤皿が、翌日になると、決定的な大揺れになった。その夜上念が、葛子事件に就いて、問い訊すことがあると云いはじめたのである。

彼は、署名を俟つまでもなく、自分から進んで、十八郎の手を握り、書かせようとしたのであった。

いつかの現場の室で、未だ点々と血痕の残っている床、そこに影法師が重なり合って揺れている。やがて、息窒《いきづま》るような、決闘の瞬間が迫った。

「法水君、云わずと、問題はこれさ、君が発見した屍体のXと、羅針形とを交錯させた、あの形なんだ。それで、ひとり仮名の人物を作って、君は罪科から遁れようとしたね」

奥深い、細い眼が白々と冴えていたが、顔は一分も動かない、が続いて彼は、紙にその形を書き、更に、端と端とを連ねて、風車のような形にした。

終ると、手にした鉛筆を、ポンと無造作に投げ出して、

「こいつだ。君が云うべくして、機会を失った、論理の大魔術がこれなんだ。どうだ

ね、これが何に見える、マルタ十字架じゃないか。マルタだ、その洗礼名のある得江子老夫人を、君はこの事件に、生霊として担ぎ出そうとしたんだ」

微風を失って、八分に張った帆が、上段から雪摺れのような音を立てて、崩れはじめた。法水も、これは予期した以上、容易ならぬ強敵だと思ったが、なぜか、彼は空々しげに云い返した。

「では上念君、私設警察を統率する、君に相談があるのだが、もしも犯人が、僕ではなく他の人種だったとしたら……」

「その時は、僕が遠慮なく引っ括るまでのことだ。誓おう、誰であろうが、決して容赦はせん」

「そうか、それでは云うが、あの形は、夫人自身が末期に作ったと見るが、どうだ。見ろ、彼処に木版画の画額がある。そうして当時は、双角岬燈台《ツーホーンケイプ》の、明暗互光の灯が掃いていたのだ。ねえ上念君、僕は、これだけの道具立てで、犯人の顔を皺一つまで、描こうと云うんだ。そうしてから、君は熱烈な雄弁を振って、鉄鎚のように打っかって来い」

いよいよ、法水の鞭が風を切ったか。冷静な、誤算のない理性、今こそ、軽くやんわりと嬲《なぶ》っているが、やがては、潜熱にも比すべきものが迸り《ほとばし》出るのではないか。

「つまり、刻一刻と意識が飛び去ろうとするとき、夫人は、画額の中に何者かの姿を認めた。それは、燈台の灯が、白く一閃刷いたときに、扉がすうと開かれたからなんだ。夫人は、ハッと胸を躍らせて、死と闘う強烈な精神力を盛り上がらせた。しかし、髪が血潮に粘りついて、振り向けないので、止むなく左眼を瞑《つむ》って、次の光が来るのを待っていた。と、一瞬の闇を間に置いて、今度は、青い光がやって来た。あの双角岬の燈台は、白と青の、明暗互光灯だからね。その時だ——。夫人の右眼の視野に、一、二歩進んだ驚くべき扮装が入ったのだ。そこで夫人は、凄惨な死闘を続けながら、四肢をはだけて、その名を告げようとした……」

人々は、溜めていた息を、フウッと吐き出した。何物か、夫人の断末魔を、得江子老夫人に仮想して脅やかしたのは。

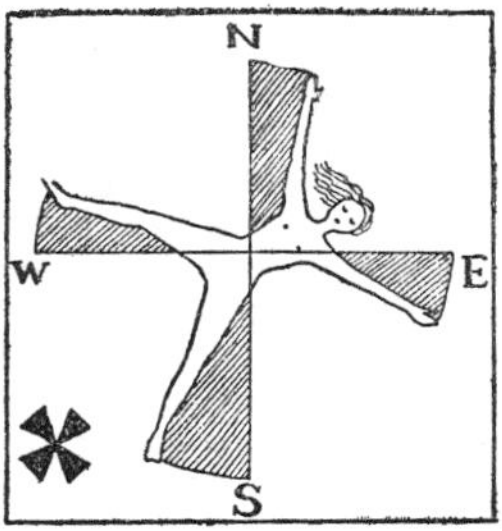

が、法水は、ここで優位を恢復した。面上が微かに紅ばんで、いよいよ、前提から本題に入ろうとする亢奮が仄見えた。

「そこで上念君、なにも、強いて事を面倒にしようと云うんじゃないがね。しかし、これが独断かしら、僕は、解決の鍵が、その青い光にあるように思うんだが」

「青い光、あの燈台の光がかね」

「そうだ、青い灯、いかにもそうだ。夫人の悲運は、最初から、あの燈台の灯にあったのだ。あの灯がなければ、もちろん銛の狙いがつかんだろうし……末期にも、ああまで空怖しい、印象を止めることもなかったろうし……」

「冗談じゃない、得江子老夫人に仮装したなんて……。では訊くが、こうも揃って、明け放した船室の前を、そいつが一体どうして通ったと云うんだ。でなくもだ。鬘《かつら》を冠って、ドウランを塗り込み、附け鼻をつける。おまけに、その姿で銛を持っていちゃ、いい加減、出かけた気力が、スウッと引っ込んでしまうぜ。噛わせちゃ、いかん。いくら、場所がマラッカ海峡でも、百鬼夜行、魑魅魍魎様のお通りとは、ちと舞台がちがうぜ。誰が、喚《わめ》き出しながら人殺しが出来ると思うか。オイ法水、もういい加減に尻尾を出せ」

さすが、冷血無比な上念も、こうなっては、激情を抑えかねたらしい。いまの冷笑に、酬いるための反報か。反身になって、両手をポケットに突っ込んだまま、毒舌を霰と浴びせかけた。

「諸君、犯人は正気も正気、この通り刻明な実務家なんだ。但し、少々芝居気があり過ぎて、聴き込んだ早耳、噛った噂も、そのままに、狂言をお作りめさる。貼紙はするし、屍体の形は変えるし、おまけに、黄色い胴衣まで、着せてやると云う茶気のある御人だ。どうだ法水、その白髪鬘《かつら》のほつれ毛でも探し出して、この上念に、アッと云わせる魂胆はないか」

「真平だ。そいつは、御免蒙ろう」

平然と背を向けて、法水はコツリコツリと歩きはじめた。

「しかし、驚いたねえ。開幕早々、舞台から、批評家にカスを喰わせるなんて、そんな役者を見るなァ、たった今がはじめてだよ。なんだと、ありもせぬ鬘を探せ——だと。ドウランもなけりゃ、化粧刷毛もない。しかし、結構、それで芝居がやれるんだ」

「地頭《じあたま》……顔料《ドウラン》……化粧刷毛《パフ》もない」

瞬間ハッと気を抜かれて、空になった頭の中には、その言葉の余韻だけが止っていた。それは、底にまた底でもありそうな、彼一流の反語らしい響であった。

そうして上念は、知らず知らずに、法水の策中に飛び込んでしまったのであった。

「では、はっきり云おう。事実そいつが、仮髪一つない剝き出しの面を突き出したんだ。変装だなんて、莫迦な、草芝居じゃあるまいし……。むろん、似たは愚か、老夫人とはちがって、海豚《いるか》のような代物なんだ。所が、不思議じゃないか。一度、この室に入ると、誰が見ても、そいつが老夫人としか見えなくなってしまう。無扮装の変装——どうだ上念、君に、この逆説の意味が分るかね」

二人の顔が、摺れ合わんばかりに近寄った。上念の、鈍い硝子球のような眼、頰は、艶を失って、灰色に蒼ざめている。しかし、この顔の下に、真実の緊張が隠されているのだ。他人の過失を狙って猫のように凝《じ》っと這いつくばっている——気をつけろ法水。彼は、瞬間ひやりとしたものを感じたが、続けた。

「忘れたかね。僕が、双角岬燈台の、青い光を問題にしたのを。それが、因数《ファクター》の発見、別名得江子老夫人のワーテルローだ。いいか、その青い光を、得江子老夫人の顔から、拭き除《と》ってみるんだ。そうすると、そこに、犯人の素面が現われる……」

「なるほど、ここに居られる、童話屋さんの顔か」

顔面を筋一つ動かさず、冷然と云い返す上念。しかし法水の顔も、ベトリと汗ばんでいて、死地を抜け出そうとする、凄愴な踠《もが》きが仄見えていた。

「サア、これから挽歌と共に、そいつの葬列が始まるんだ。むろん、青い灯で、犯人の髪毛灰色に見えるのは、当然だが、そこで、問題なのが画額の高さだ。あの高い場所に、辛くも届いて、しかも、額から上だけを、映し出したのは誰だね」

ハッと胸を、衝き上げるような駭き、人々の顔が、呆気にとられて一斉に十八郎を振り向いた。

と、その中から、水夫長が、けたたましい爆笑を上げた。実に法水は一瞬の間に、勝利の王座から奈落へ転落して行ったのである。

「ワッハハハハ、冗談じゃねえ法水さん。お前さん、何か勘違いしていなさるね。そりゃね、あの当時ごたついていた頃は青だったが、その前は、赤え暴風雨警報だったんだ。ねえ赤じゃ、どうにも、その白髪染はなりますめえが」

こうして、いよいよ最後のどん詰りまで来てしまった。

その間、黙って、巌のように見える十八郎も、心は嵐のような凄まじい激情で充されていた。法水から犯人に指摘され、それが覆えされても、さすがに、その場では裁決を下し兼ねてしまった。

そうして、あと二日――。

そのジリジリ、鉄板の上で、焙《あぶ》られるような焦だたしさ。しかし、もはや到底遁れられぬとすれば、この上立ち騒いで、嘲笑をうけるよりも、静かに運命の手を、待つより外にないと思った。

所が、そうした絶望の底から、ブクブク立ち上って来た、泡のようなものがあった。

次の日――最後から、一日前の夜になると、誰やら扉の下に、スウッと手紙を差し入れたものがあった。

法水さま――

いつぞや貴方様は、流謫と云うものに、強い魂を、創造する力があると仰言いましたね。いま、食事を運んで来たマチルデから、貴方様のお身の上を伺いまして、急に恋しさが募り、また今の私として、もっともっと強くならねばならぬと考えましたの。もう明日は、夕になると、寄輪へ着きますのよ。それまでには、多分貴方様の御存命はないとも思いますし、私には、寄輪で身の毛もよだつ、結婚が待って居りますの。それで翌朝、払暁五時に、是非この室を抜け、貴方さまにお目もじすると心を決めました。いいえ、万事はマチルデが手引きしてくれまして、見張人の籠絡も、端艇の用意も。ええ、ですから、その時扉を開いたときに、私を抱いて、きっと抱いて、抱いて、抱いて、抱きしめて、頬が口のように、誰の口やら、分らなくなるまで接吻をして下さいましな。

そして最後に、同じき幽居の波江——と認められてあった。この、十五とは思われぬ、異様な情熱には、紙が波と踊り、連れて逃げよと云う、黙した囁きに胸が戦《おのの》いた。やがて、数時間後に、水がぼうっと灰色に染まって来た。すると、時を違えず、扉をコツリと叩く者があった。

所が、そこには、波江と思いのほか、十八郎を先頭に、武装をした鹹臭い一団が構えていた。彼の両足は、吸い付けられたように硬くなって、額から、冷たい汗がぬっと垂れた。

「法水君、儂が君に、いよいよ友情を無視せねばならぬ時が来たよ」

十八郎は、沈痛な声で、簡単にそれだけ云って、合図をした。すると、前後に、荒くれ漢《おとこ》が立ち塞がって、その一隊は黙々と廊下に出た。

薄暗い階段を上って、甲板に出ると、凍えるような、空気の震動が頬を刺した。そこは、寄輪を去る三十浬、白格島《けんぼなしとう》の、名も知れぬ湾内であった。

法水は、腰が凍え額が燃えるようで、なにか鐘のようなものが、頭の中を揺り動いていた。もう悔いもない、怖れもない、死の直前に見ると云う、あの幻影さえも浮んで来ない。

やがて、銃口が並び、彼は舷側に立たされたが、人影は、またぼやっとした影絵のようであった。と、十八郎が歩み寄って来て云った。

「法水君、まだ機会はあるぞ。あの問題を、此処でもう一度考え直したらどうだ。儂は、一度だけ機会を与える」

「いや、誇らしげに死のう。これで、返事もしたくないし、君も、もう何も云ってくれるな」

法水に、きっぱり云い切られて、十八郎の顔には唯ならぬ苦悩の影がさした。やがて、頭を垂れ、黙々と戻って行ったが、そのとき、銃尾が肩に掛って、文身《いれずみ》の裸か女が肱のところでスウッと足をかがめた。

「打て」

法水は、釦《ボタン》をかきむしって、胸を露わにはだけた。

その時、水平線を焦がして、壮麗な朝焼けがはじまったのである。檣にやがて銃声で飛び立つであろう、鷗が群がりはじめて、物の面と影が、次第にくっきりと色付けられて往った。

第三篇　鉄仮面の花嫁

一、戦場よさらば

やがて、刻むように揺れていた、銃口がピタリと静止するや、上念は、やおら右手を高く上げた。ああ間もなく、いや数秒後に、その手は、肌寒い暁の気を切って振り下されるであろう。

その瞬間、まさに生命の断崖を、踏み滑ろうとする刹那であった。

意外にも、肩を揺って、セカセカ法水が笑いはじめたのである。

「オイ、右から三番目の、君がそう、藪に睨んだ狙いじゃ、どうやら僕の耳朶が御難らしいぜ。それから端の、Extra-Tuttoとある文身の先生。君は先刻から、僕の鎖骨ばかりを狙って、何をするつもりだ。ハハハ、僕の骨で、骰子《さいころ》でも作るのかね」

危機がいかに切迫しようと、いかなる絶望の場合に臨もうと、その一言こそ、まさに恐怖の何たるかを知らぬ魂であった。

再び、この気魄に圧せられて、銃口が揺ぎはじめた。上念も、唇を嚙み腕を口惜しそうに下したのである。こうして作られた、僅か一分足らずの間に、実は法水の思う壺が待ち設けていたのであった。

彼は、千切れた一団の海霧が、薄明のなかを、異様に息付きつつ近附いて来るのを知っていた。

それに包まれると、まるで幻日《ハーロー》のように、彼を中心に四つの虚像が出現するのだ。もちろん射手は五つのどれが真実の彼かと惑うであろうし、その隙にと。――心中ほくそ笑みつつ背後を見やるのであった。

そこは、白格島《けんぽなしとう》の湾内――五島列島のなかで、最も伝説的な、そして浪漫的《ロマンチック》な島である。

読者も知る、二百年後の今日にまでも紛糾の糸を投げ、この事件を捲き起した異国尼僧のヨハンナ・ローテルリンゲン――その人が、最初嵐の夜に、寄輪の茂木根族に掠われたのが、この島である。

しかし、そうした奇縁も、暗合の神秘も、もちろんこの島が何処であるかも、法水は知らなかった。ただただ彼は、背後の暗い水に救いがあり、そこを海獣のように身を躍らせ、潜り抜ける以外には、危険を脱する途はないと信じていた。

所がその時、ふと舷側の水を見やった彼の顔を、何故か、濃く絶望の色が覆うてゆくのだった。そこが、思いがけない礁渦《ロック・トワール》であったからだ。

そこだけには、泡がなく、海が奇異な皺を作っていて、膨れ上った縁から、水が漏斗《じょうご》のような渦を巻き、中心にと落ち込んでゆくのだ。恐らくは、捲き込まれたら最後、深淵の洞孔に運ばれて、名も知らぬ地図にもない、云わば秘密境とも云う不思議な場所に浮き上るのではないか。

かくて、銃口と礁渦《ロック・トワール》とに挟まれて、此処に策と云う凡ゆる策が尽きてしまったのである。やがて、最後の瞬間が訪れた。

湿っぽい、凍えるような海霧《ガス》が、銃口を隔てはじめたとき、上念が泡を吐いて、異様な呻き声を立てた。と、腕が風を切り、十二の銃口から、一斉に閃光が放たれたのであった。法水の身体は、しばし海霧とも硝煙ともつかぬ、紗絹のようなものに包まれていて見えなかった。

所が、何たる奇蹟ぞ、飛び交う鷗に揺れ乱れる、海霧の霽れ間を透して、すっくと立っている人容のものが現われ出たのである。

しゅ、執念深え、まだ突っ立ってやがるのか――と、水夫長が銃を逆手にとり、胸元目がけて投げつけると、意外にも、スウッと手が伸び、銃身を摑むと見るや爆笑が湧き起った。

ああ、法水は生きているのだ。十二の熱弾をうけて、全身を蜂巣のごとく射抜かれたはずの彼が……。

「閣下、この者たちに、空弾をお与えになりましたな」

と苦々しげに云う上念に、十八郎は一瞥もくれず、云った。

「フム、いかにも、儂は最後の勧告をしたのだ。どうだ法水君、今はもう、狐疑逡巡する場合ではないぞ。儂の協力者となって、自由を選ぶか、それとも死か――」

「いや、強いられての自由なら、潔よく捨てようよ」

法水は静かに、しかも悲痛な響を罩めて云った。

「だが瀬高君、君と云う、不思議な男の魅力には、つくづく驚かされたよ。君と闘わねばならぬ運命に置かれているこの僕が、それでいて、君に対する親愛の情を捨て去ることが出来なかったのだ。しかし、君は民衆の敵だ。およそ茂木根の名を聴いて、骨が疼き、血の湧き立たぬ者があるだろうか。君の徹底的な打算、冷血の犠牲となったものが、あの黒疫《ベスト》で、ファン・ワルドウ号の遭難で幾らあったか。サア、射つがいいぞ。君の貸借対照表《バランスシート》のために、実弾を罩めるがいい」

この悲壮を極めた、言々句々をもの珍らしそうに、そっと綴帆《つぎほ》の蔭から覗く、女の顔が見えた。髪もスカートも、バタバタ旗のように棚引いていて、これが卑猥で嘘つきな、マチルデとは思われぬ雄々しさであった。

（ハハア、此奴がそうか。自分が、瀬高の一家と、茂木根の後嗣を争うローテルリン

ゲンの裔とも知らずに、いや知ってか知らずか、波江を裏切ってまで内通した土淫売め）

と法水が、ギリリッと歯嚙みをしたとき、実弾を渡した上念が、胸を反らせ、激越な訓令を云い渡した。

「諸君、この男の為したことは、実に怖るべきものである。彼は、葛子夫人を殺した。それ故、吾々が此処で流す血は、一点の汚れないものである」

しかし、その言葉が終るか終らないかのうちに、突如上念の肩を重い手が鷲摑みにした。十八郎は信念の籠った燃えるような眼をして、上念をハッタと睨み据えたのである。

「何を云う、上念！　こ、これは、規律の犠牲に過ぎないのだ。法水君、何か云いたいことはないか」

「いや、何もないさ。ただ、死ぬのは何でもないが、生きられぬのが苦痛だったと、波江に伝えてくれ給え」

そうして、波江を永遠に失うまいとするかのように、朱に金色に、脹れてゆく水平線をじっと瞶めている眼――。

今の十八郎と云い、法水のこの豪胆さと云い……人々は感激に酔い、甲板は墳墓のように静まり返った。が、この時、銃尾が肩に掛って、上念の右手が高く上った。曙の微光が、波頭を滑り、はだけた胸に散って、いよいよ巨人の臨終が迫ったのである。

ところが、その刹那、何としたことであろうか、突如十八郎の口から、制止の声が洩れた。彼は、帆綱につかまって、辛くも身を支え、何か理由の知れない激動に戦《おのの》いているらしく見えた。

動じないこと、巌のようなこの男が、法水のはだけた胸を見詰めて、やっとこれだけの言葉を口にした。

「わ、分らん。あれが、君の懐中に収まっているとは、到底信ぜられんことだ。一体、何時どうして君はそれを手に入れていたのだ」

「ハハハハ、これかね。だがマア、ズドンと一発射るがいいじゃないか。その代り、君の野望が、瞬間にけし飛んでしまうんだぞ。見ろ、下は礁 渦《ロック・トワール》なんだ。僕の身体が、クルクル廻って、漏斗の底に沈んでしまやあ水葬の世話はあるまいが、いいか、君もその掌で、二度とは茂木根を摑めんことになるぞ」

法水は、朝焼けの反映を満身に浴びて、今まで秘めていた活力が、眼に舌に、息付くかのごとく蘇えって往った。

ああこの逆転、地を掃う疾風、実に最後の一瞬と共に勝敗が転じたのであった。彼は何時の間にか茂木根の後嗣を決する秘密文書を手に入れたのである。

「ねえ瀬高君、実は今までも、絶えず僕は脱船の機会を狙っていたんだ。むろん、僕の自由を償えるものと云っては、これ以外にない。所が、その機会が、幡村《はたむら》を出ると間もなく訪れて来た。それは往航に、南支那海のカムラン湾を走っていた夜のことだった。波江さんが燐寸《マッチ》を擦り擦り僕の室で訝かしげな所作をやっていた。そこで、咎めると、暫く云い淀んでいたが、いいえ白いアネモネと、赤いダリヤの挿っている、花瓶を捜しているんです――と云うのだ。ねえ瀬高君、花だ。二週間も陸地を見ないこの艇に、花と云って何があるだろうか。むろんそれからは、絶えずその疑惑を解こうと僕は考えあぐんでいた。所が、意外にも、解けてみると、それがこの秘密文書の隠し場所だったのだよ」

「そうか、儂は君の手を懼れて、故意《わざ》と、隠し場所を君の室に撰んだのだが」

「所が、その折角の盲点だがね。気になって、娘になんぞ、捜らせるものだから、余計な光を受けつけてしまったのだ。いや、分って見ると、何とも他愛のない聯想に過ぎなかったのだよ。ねえ瀬高君、緑の燃えるような葉を地にして、白いアネモネと、赤いダリヤが点々としている。その色感を、あの室にある、何物かに結び付けるんだ。いいかね、緑の布地《クッション》に、赤と白の玉だ。そこで僕は、胸を轟かせながら、一夜撞球台の布地《クッション》を、ソロリソロリと剝って往ったのだ」

こうして法水は、その文書を得々と振りかざし、十八郎をはじめ秘密機関の一団は、手も出せず悲痛な顔で押し黙っているのだ。

上念は、銃を叩き付け、歯齦《はぐき》を紫色にして口惜しがった。

「潰滅です。文字通り潰走ですぞ、閣下」

「止むを得ん。弾丸に追わせても、あの男は、それよりも早いのだからな」

そう云って十八郎は、法水に壁のような顔を向けた。

「法水君、儂も、潔よく敗戦を認めよう。だが、意外だ。何もかもだ。第一、その礁渦《ロック・トワール》が今は却って君を保護しているじゃないか。所で、その文書の処置を一応承って置きたいのだがね」

「むろん、鉄仮面蓮蔵路馬助の赦放と同時に、お渡ししよう。それからは、君の心のままさ。蔭ながら君の見事な庖丁振りを、拝見したいと考えて居るよ」

期せずして、二人の手が固く握り合わされた。

もはや敵意を失わせ、戦の波は鎮まって、二人は、追想に労苦の想い出に、無量の感慨を尽し合っていた。

かくて西風号は、法水の全く支配するところとなって、卯舵《スタボール》、西舵《ボール》と呼ぶ声が、快よげに暁の波頭を滑ってゆく。荊棘《いばら》を植えたような、岩礁の数が追々に減って、艇は満帆を張り、外洋に乗り出して往った。

そして夕刻、実に五ヵ月振りかで、海の狼「西風号《ヴエスト》」は寄輪に錨を下したのである。

西風号の帆が、夕日を負うて入江の彼方に現われると、碧い澄んだ空に、綿毛のような花火が浮き上った。

埠頭の船は、みな美くしい旗で飾り立て、檣群を透して、凱旋にどよめく街の悦びが伝わってくる。間もなく、瀬高の一族は、歓呼を浴びて栈橋に下り立ったのである。西風号よ、戦場よさらば——艇を出て、案内された観光廻廊《ツーリスト・ギャレリー》の楼上で、法水は追憶にひたり、西風号に向ってこう叫んでいたのであった。

水に刻み分れる帆、塗料の褪せた船腹、この船に牽《こ》き入られて行った彼が、今までいかなる世界を経めぐって来たことだろうか。立ち罩める悪夢のような霧、焼野のような海、岩洲から響く、遭難者のしわがれた嘆息を経にして、また十八郎との、虚実を尽した凄愴な葛藤を綾にして、今まで、見過ごして来た世界が、遠い夢を持つ壁掛《タペストリー》のように織りなされてゆくのだった。

けれども、こうして凱歌をあげ、秋も深い南国の土を、思いがけなく踏み得た彼を、なぜか暗い陰鬱なものが覆い包んでいる。

(明日は、路馬助の顔から鉄仮面を外して、自分は寄輪を去らねばならぬ。波江を、あの無惨な、屍衣のような花嫁衣裳に残して……ああ波江、波江はどうなってしまうのだ。あの愛らしさが、いまも眼の前を彷徨うているのに、自分は幾度か、運命の手に隔てられて頸も抱けず、明日は、一夜の旅人のように去らねばならぬ)

彼は、十五の少女の不思議な熱情を思って、あらば、噛みしめたい骨の欲しいような気がするのだった。

そこへ、頓狂な声が、赤と黄の旗を掲げた、西班牙《スペイン》船から聴えて来た。

「ホーイ、マルセーユのリーじゃねえか。畜生、オッパイちゃん、お前、快適屋《ツー・コンフォール》の肉釦《ブトン・ド・リー》のリーじゃねえか」

すると、扉を手荒く閉める音がして、甘酸っぱい、饐《す》えたような体臭が近附いてきた。マチルデが見ちがえるような服装で、鼻声で、凭れかかって来るのだった。

「どうこれ、もとのような『ポルチチの唖娘』みたいじゃないでしょう。ねえ、見て頂戴ったら。アラ、貴女怒ってるのね。ほんとうを云うと、あの娘ったら、小娘《ねんね》の癖に年増みたいなんで、それで、私、ついムカムカって来たのよ。ねえ、御免なさいね。私、今夜貴方のホテルに、お伺いしようと思ってるの」

「しかし、そんな高価《たか》いものを、君は誰にこしらえて貰ったね」

「そりゃ、云わなくっても、駱駝《シャモー》じゃないの。今夜から邸《やしき》に泊れなんて、どうやらあの沈黙屋《むっつりや》さん、私に気があるらしいの。だけど、ほんとうは、私、貴方のほうがズット好きなのよ。ようもう、斯んなに夢中なの」

しかし法水は、マチルデに覆いかかっている、暗い運命を知っていた。彼女を、十八郎が自分の邸に連れてゆくと云う、そしてこの女は、除かれねばならぬローテルリンゲンの血を引いているのだ。

彼は、行き掛りを捨てても、この無智な女を救うべきではないかと考えたが、そう思って、口の端に出た言葉が、なぜか風のように消えてしまったのである。——明日は鉄仮面が救われる、それまでは、何事も差し控えねばならぬ。

それから間もなく、市民の歓呼に答える凱旋の行進を、法水は、ホテル・プラザの露台から見下していた。

金管隊の先導で、蓋被を除った馬車が、真黒な人込みを畝《うね》のように犁《す》いてゆく。テープが灯影のなかを虹のように飛び交し、どよめく歓呼に、帽子の群が奔流のように流れてゆくのだ。しかし、十八郎にとると、また、これほど皮肉なものもなかったであろう。

翌日には、ちょうど正午頃、法水は十八郎の使者を迎えた。上念は、凍ったような顔で口上を云い終ると、いきなり組んだ腕をドシンと卓子《テーブル》の上に据えた。

「ホホウ、こりゃ意外だ。君は僕を脅しに来たのか」

「いや、相談にやって来たんだ。どうだ、此処でスッパリ、云ってしまったら。葛子夫人を、船を脱れたさに、閣下を牽制せんがために、殺したのは貴様だ！」

「なるほど、君と僕は、何かの因縁で、憎み合うように生れ付いているらしいね。だが上念君、あの殺人の動機を、僕は、あの一族の感情・生活のなかにあると睨んでいる。つまり云うと、精神生活だな。そこで、僕は断言してもいいのだ。まだ、あの一族には、惨劇の根が決して絶たれているとは云えんのだからな」

その言葉に、上念もさすがに蒼ざめてしまった。法水が調子も乱さず、再び瀬高の一家に起るであろう、血の渦を予言したからであった。

「とにかく、それまでは、僕を犬のように蹤《つ》けるがいいさ。だが君じゃ、そうと分っても、ジャヴェルのように身を投げやしまいな」

「フム、よく分った」

上念は、再びもとの仮面のような顔に帰った。

「よし、万事は、時日の解決するまで待とう。しかし、断わって置くが、それが今日明日にも来るかも知れんぞ。法水、よく聴け。茂木根には、何処の国にもない不思議な法律がある。そして、その法律の奴隷が、この俺なんだ」

悪と云う悪のなかの、張本人とも云う上念は、まるで秘密機関の、掟のために生れたような男だった。刑吏気質の権化、首が飛んでも動く蝮《まむし》のような性格――さすがにその言葉で、法水も底気味悪さを感ぜぬ訳には往かなかった。

しかし、きょう鉄仮面の授受を終えて、明日は、影のように纏わりつくこの男の眼から消えてしまうのだ。それから、呉越肩を並べて、鉄仮面を受取るべく、鳴鳥の里の邸に向ったのである。

海風を防ぐ広大な木叢の蔭に、瀬高十八郎の住む半館《はんやかた》風の建物があった。周囲は、薄黒い砂濠が繞《めぐ》っていて、紋章のついた扉が、以前堡塁の跡かと思われる、石垣に開いていた。

しかし、此処で読者諸君に御承知願いたいことは、この邸が、昔茂木根の当主球磨太郎に滅された鎗打砦の跡だと云うことである。

つまり、当時あった、附城の一つが焼け残ったのであって、一方球磨太郎の城、旧寄輪の砦跡は、いま鉄仮面のいる、望楼となっているのだ。

こうして、いよいよ最後の一頁が、輝やかしい冒険と共に終ることになった。そこには大窓から孔雀の止り木が見え、まず豪華な、この客間《レセプション・ルーム》に驚かされた。十八郎は、記念として、彼に一匹の聖《セント》バーナード犬《ドッグ》を贈った。

「法水君、今ではあの六枚目が、むしろ君に、発見されて倖わせじゃったと考えているよ。儂は、此処で路馬助を渡しても、もう何の悔いもないのだ。ただ願いと云うのは、あの男が、頭脳に畳み込んでいる浮嚢の設計じゃが、どうだろう、君から話して、この儂に譲り渡して貰う訳には往かんだろうか」

が、その時、隣室に当って、異様な物音がした。

その物音を聴く、ただそれだけのために、彼は生死を賭して、西風《ヴェスト》号と共に漂よったのではないか。

やがて、ゴロゴロ床に引きずる、鉄丸の響が止むと、鉄枷《てつかせ》らしい、金具がガチャリと鳴った。そして、間の扉が、法水の眼を吸い込むように開いたのである。

「よく見るがいい。あれが、蓮蔵路馬助だ。横柄な、君のような男でも、十八年も、獄中にいたら、ああもなるだろうか」

閾《しきい》の側に、どこを見るでもなく、両足を張った仮面の男が——十八年間闇夜の巌に繋がれていた悲運の男が突っ立っているのだ。

猛悪な仮面が、灰白く浮き出していて、蒼ざめた顎、耳の両脇からは、長い灰色の髪毛がはみ出している。法水は、胸を押えて、込みあげてくる感情の渦を押えようとした。

「君が、蓮蔵路馬助ですね。もう、今から貴方は自由だ。明日は種子さんが、貴方を迎えに来ることになっているのです」

すると、手首の鎖が、だらりと垂れて、人声ともつかぬ呻きのような声が口から洩れた。一度は暗い霧を破って、現われて出ようとしたものが、次第に曇って、だんだんに消え失せて往った。

「ああ、貴方から云うて下さい。寝る時だけは、ぜひ首輪を外して貰いたいのです。頸をしめつけられて、夜中よく眼を醒ますので困りますが……」

彼を見詰める注意がだんだんに朦朧となって行って、やがて仮面の視線が床の上に落ちた。自由に対する渇望の尽き果てた今となっては、すぐ法水の言葉を信ずることが出来なかったらしい。

しかし、此処で十八郎に、代償として秘密文書を手渡さなければならなかった。

「では瀬高君、身代金として、これを受け取ってくれ給え。明日は、種子と三人で寄輪を発つつもりだ」

そう云って、懐中から部厚な封筒を抜き出して、卓子《テーブル》の上に置いた。十八郎はそれを取り上げて、スウッと内容を引き出したが、その途端、四つの眼が何ものかに止って動かなくなってしまった。

意外にも、内容が白紙に掏《す》り変っている。力の失せた、十八郎の指頭を滑って、九枚の白紙が舞うように散り敷いてゆくのだ。

「法水君、こりゃ一体、どうしたと云う事だ。これが、君の冗談なら、あまりに悪どいぞ」

法水は言葉もなく、握りしめた掌から、すうっと汗が滴った。

艇でも、鍵を下した室内で、絶えず自分がその側にいたし、それからも、内衣袋《ポケット》に蔵って置いたこれが、到底人智では推し測れぬ、異様な消失を演じてしまったのである。

破れた。いつか十八郎を見舞った悪運の目が、今度は自分にめぐって来たのだ。彼はなすこともなく、ただただ呆れたように眼を瞬《みは》っていた。

が、十八郎の方に、より以上の困惑と狼狽の色が見られたのである。

「法水君、これがあってこそ、あの悲風惨雨に収穫が齎《もた》らされるんだ、それを、君が、君が、失ってしまったのだ。ああ、折角の労苦も潰《つい》えて、茂木根の富は、何処へ行くのだ」

五枚目までが肯定で、最後の一枚が否定と云う、茂木根球磨太郎の残し書であった。その六枚目さえ、破り捨ててしまえば、瀬高が茂木根を嗣ぐ、唯一の証拠となるにも拘らず、いま二つながらともども消え失せてしまったのである。

「済まなかった、僕は君に対して、云うべき言葉さえない。誓って僕は、あの文書を奪還してみせるぞ」

法水は、悲痛な語気を罩めて、十八郎の手を握った。

が、その時、遠のいてゆく鉄丸の響が聴えるではないか。こうして、目的こそちがえ、再び二人を暗雲が覆い包んでしまったのである。

しかし、瀬高邸を出ると、殆んど意識もなく、彼の足は望楼に向っていた。十八郎に、ああも固く誓ったとは云え、もとより、雲を摑むような、秘密文書の捜索には自信がなかった。

明日は、昨夜の電報で、種子が寄輪に着く筈である。

しかし、待ち設けているのは、ふたたび、古い創《きず》を破って押し出す悲しみではないか。もしやして、望楼を見たら路馬助を独力で救い出す、目安でも付きはせぬかと考えた。そして、彼を追う聖《セント》バーナード犬《ドッグ》と共に、街を出、遥かな樹相を振り仰いだのである。

登るに従って、左右から暗い枝が差し交され、時折ポッンと、天井に丸窓のような空が見える。耕地や、うねうねした河の流れが、はや罩めかけた霧の彼方に遠退いてゆくのだ。そうして、暫く頂きに出て、眼下の峡谷を見下したときであった。

彼は、腕を垂れ、思わず絶望の嘆息を発した。霧が渦を巻いて、たぎり落ちる中心には、風化した岩柱のような望楼がそそり立っているのだ。

そこまでは、なだらかな斜面が続いているが、やがて草も尽きて、蠅茸や菰葦の群生となり、間もなくそれさえも、ねっとりとした泥沼のなかに消えてゆくのだ。黒い空を落して、時折侘びしい泡の音を立てて、白い骨のような、松の朽樹が所々から突き出ている。この、見るも荒涼たる、瘴気と荒廃の気に、法水は知らず暗い情感に唆《そそ》られて行った。

やがて気が付くと、対岸の丘との間に、一道の索条が渡されていて、望楼との交通は、それによるものらしいことが分った。

到底翼のない限り、この泥沼を渡る術はないし、また対岸の小屋も、数十人の荒くれ漢《おとこ》で守られているらしかった。彼は、試みに石を投げてみると、それを追って、足許の犬が斜面を駈け下りて往った。

すると、葦の彼方で、前肢がポクリと折れたように見えると、その瞬間、つんざくような叫声と共に、ズブズブ泥のなかに埋れてしまったのである。かくて峡谷には、灰色の雨雲が落ち、冷たい匂いのある霧が、彼の希望を覆うかのごとくに包んでゆくのであった。

二、氷雨の陸橋

泥沼と云い、流沙と云い、水でも土でもない自然の秘密牢を、読者諸君はタンネルベルヒの沼沢地に、またモン・サン・ジュアンの、奈翁《ナポレオン》に止めを刺した、泥濘の窪地に御存知であろう。

そこは、人も魚も、歩くも泳ぐも出来ない、怖ろしい場所である。

足の裏を、黐《もち》のように吸い付けて、叫べば叫ぶほど、ますます引き込まれて、しかもその間に、空や小鳥をうち眺めるだけの余裕があり、人は、泥の上に、やがて震えるであろう髪毛をかきむしって緩やかに、しかも確実に消滅を遂げてゆくのである。

もちろん、いかに踠《もが》こうとも、救出などは思いもよらぬのであった。翌日も、望楼を眺め暮して、彼は秘策を練っていたが、夕方、ホテルに戻って番頭に鍵を請求すると、

「いや、何で御座います。唯今、ひとり御婦人の方がお訪ねで御座いまして。御名前は、ついうっかりして、伺いませんでしたけど、見たところ、大分お鬱《ふさ》ぎの御様子で……」

と云って、顔容や年配を説明したが、どうやら、それによると種子らしく思われた。

とうとう、路馬助を迎えに種子が来た。

しかし、はるばる夫が、救われたと信じて来た彼女に、あの転変をいかに説明するか。と、思い惑って扉《ドア》の前を行きつ戻りつしているうちに、ふと内部で、ポチャリと水音らしいものがした。

細目に開いた、扉の隙から、半開きになっている、浴室のなかが見えた。もやもや、湯気か陽炎か、見分けもつかぬ中に、ほんのり、ぼうっと染った薄紅色のものが揺れている。肩の円味と、くんねり盛りあがった腕の曲線のほかは地肌がぼけて、小麦色をした毛苔のようにしか見えない。

法水は、艶めかしい戦慄を感じて、ハッと眼を外らした。

その間に、種子は立ちあがって、鏡の前に立っていた。両頬を、左右の肩にかわるがわる擦りつけて、時には、腋下《えきが》のあたりを接吻せんとまでに頸を曲げ、こむらから腓《ふくらはぎ》にかけて拭いはじめたのである。その姿体が、折々はまた前方に割れて、パッと眼を射る、花萼《うてな》のような形が現われるのだ。

樹皮を剝いだ、赤楊《はんのき》のような、生々しい二本の幹の間は、また茂った、森のように薄暗かったのである。

それを見たとき、脳天を、木の下枝に、打ちつけるような狼狽を感じたが、しかし、それには解せぬ何ものかがあった。

「どうも、分らん、まるで、謎のような変り方だ。来たときは、ひどく憂い気だったと云うのに、どうだ。今はあの肉体に、爆発しそうなものが疼いている。叩けば、どんな音でも出る……火でも叩き出せる……」

しかし、その疑惑を解くものが、間もなく見つかった。卓子《テーブル》の上に、電話帳が開かれていて、一筋爪の跡が、瀬高の番号の上を走っている。種子は、着くとすぐ電話をかけて、あの一部始終を、洩らさず聴いたに相違なかった。

しかし、それを聴いて、彼女は悲しんだであろうか。

むしろ、夫の悲運を、こよないものにして、いま幡村で知った狂恋が燃え上ろうとするのだ。そう分ると、種子の恋が、刃のように怖ろしくなって来た。

所が、その時、ふと、来信函にある封筒が眼に止った。それが、思いがけなく、波江からの手紙だったのである。

——その後も私は、艇の中と同じような、生活を続けて居りますの。室を、上念の輩下どもが取り囲んで居りまして、ちょうど、背の高い、棘のある草のなかにいるようで御座います。ですけど、貴方さまの愛を、この身に集めて居りますせいか、私、少しも恐れはいたしませんの。落ち着いて、いつも機会を覗《うかが》ってばかりいて。マア私みたいな、小娘《ねんね》のようじゃないと仰言るの。それもみな、貴方さまがおさせになるのですわ。実は、今夜深更に機会が御座いますの。三時に、可狄《かてき》の墓地に架っている、陸橋までお出下さいませ。

しかし、か弱い少女の手が、壮漢の墻を、いかにして切り破るだろうか——もちろん、危懼と疑問がそこにあったのだけれど、法水は、封筒を旧の位置に収めて、そっと部屋を滑り出た。所が、瀬高邸では、ちょうどその頃、上念が、腹心の一人と額を突き合わせ、密議を凝らしていた。

「それじゃ首領《かしら》、何ですかね。貴方の所へ、いまそんな電話がありましたんで……」

「そうだ。邸の外か内部か、その辺は判然《はっきり》せんが、とにかく、おれに電話を寄越した女がいるんだ。波江さまが、暁方の三時に、法水を訪ねて、可狄の陸橋まで、行くと云う……」

「やれやれ、また法水ですかい。ねえ首領、どうも彼奴《きゃつ》だけは、儂らの手におえぬようですわい。ですが、波江さまのような小娘《ねんね》で、儂らの警備がどうして破れるんだ?」

一言毎に、上念の頭がびくりびくりと動いて、今にも憤怒が爆発するかと思われた。所が、意外にも彼はぞっとするような愛想を、顔に泛べた。

「そこだ。あの小娘が、自信たっぷりそう云うに就いては、何かそこになくてはならぬ。実はな、一昨日秘密文書が紛失《なく》なるまえだが、彼奴、いま波江さまのいる、あの室で休憩したのだ。その直後に閣下の総身を顫わせるような出来事が起った。考えろ、この二つに、もしやしたら、微妙な聯関があるかも知れぬぞ。あの秘密文書が風のように消え失せ、しかも、波江さまが、吾々機関員の鼻を明かして、脱出すると云われる……」

と、一石二鳥を夢みて、上念はニタリと微笑んだ。抑揚のない、棒のような、まるで一人で問い、一人で答えているかの調子だった。

「それで、今宵我々は、警備を解いて、波江さまを自由にする。いや、驚かんでもよい。そうせん限りは、たとえ室だけ脱け出しても、あの盲目鳥を、陸橋へ飛ばせることは出来ん。ワッハハハハ、結末が思ったよりも早く、到来したぞ。今夜の陸橋は、吾々の手で、完全な盲腸になってしまうのだ」

彼は、自分の言葉に、激しい眩惑を覚え、憎むべき男の最後を思って、陶然となった。寂寞たる、墓地に架す可狄の陸橋、黒い楡の並木と、端れにしかない薄暗い橋梁燈、その静寂と物凄さと闇夜のこもった真中に、今宵法水の墓所が定められねばならぬ。間もなく上念は、機関員の士気を気遣い、火を吐く、矯激な訓練を叫んでいたのである。

「臆することはない、吾々は、この機関の偉大な歴史のなかに暮して来たのだ。泥にまみれ、波に打たれ、傷をうけ、そして、忘れられて死んだ！　それは、躊躇し、恐怖に慄える者に、与える教訓である。我々は、父を護るがように、閣下を護り、屍を曝して前進するのだ。これこそ我々の軍旗である。今宵吾々は一つの創《きず》もなく、ただ犠牲を眺めるのみであろう。見よ、法水は皇后のごとく真紅だ！」

最後に吐かれた、ロベスピエールの言葉と共に、その一隊は黙々と動き出した。折から氷雨を衝いて、歩調を揃えた重々しい足音が街にしていたが、やがて端れに出ると、闇に針のような光が入り乱れて見えた。

それは、騒然と遠い反映に、閃めく銃身の燦きなのであった。

所が、程なく、法水の姿が瀬高邸に現われた。

その日は、得江子夫人の老衰に、重篤の兆が現われて、それでなくてさえ、焦慮に喘いでいる十八郎は、法水を懐かしげに迎えた。

「儂も、急いだところで、どうにもならんことは知って居るが、何せい、老夫人の先が見えて来居ったでな。焦るまいと思っても……いや、嗤《わら》わんでくれ給え。近頃では、マチルデの処置さえ、どうにも考えられんほど、耄《ぼ》けてしもうたよ。どうじゃ君、一つ、あの女を探ってはくれんだろうか」

マチルデの室は、衣裳や下着が一面に取り散らかされていて、二人を見ると、股引《キユロット》や靴下を手当り次第投げはじめた。

「噛みつくからね、ひとを、こんな、檻の中に入れてさ。駱駝《シヤモー》、お前さんのお澄まし面の、憎たらしいったらありゃしないよ」

白痴のようで、どこか狡い影のあるマチルデを、法水は興味ありげに眺めていたが、

「そうか。でも、此処にいりゃ、靴の減る心配はないし、黴毒で、肥料のようになって、野垂れ死にをする気遣いもないだろうしね。マア、悠っくり滞在するさ」

「マア、貴方までが、そんなことを云うの。どうして、私、こんなに素っ気なくされるんだろうね」

と、しんみりとなって、髪毛を掻きむしりながら、法水に脊を摺りつけて来た。

「ちょうど、駱駝《シヤモー》も出て行ったし、ぜひ貴方に、聴いて貰いたいことがあるの。見て頂戴よ。こんな抜毛だわよ。若い癖に、こんなに毛が抜けるんだもの。ねえ、隠したって駄目、貴方なら、私が此処から出られない、理由を知っているに違いないわ」

「ありゃ、瀬高君が、飛んだ見当違いをしているのだ。君みたいな、大嘘吐きで、字も碌々読めない女を、ローテルリンゲンの後裔扱いにしているんだ」

「マア、私、書く位のことは出来てよ。ホラ、いま字を書いて見せるわ」

と、側にあった仮名文字帳を、左から逆さに開けて、そこへ、Weste《ヴエステ》（胴衣《チヨツキ》）――と認めた。それを見ると、微笑みかけた、法水の表情が急に険しくなって、その字の上を穴の明くほど見詰めはじめた。

「どう、これどう？　あたし毎日、何処へ隠した隠したって訊かれない事はないんだけど、それが、知ってるような、知らないような……」

と女の眼が、キラキラ濡れたように潤んで来た。赤い、顫えている鼻の孔から、呼吸を切なそうに吐いて、女は、乳房を悶えるかのごとく握った。

「ねえ、ねえ、此処にあるのよ」

茶色の生毛が、柔かな、下草のように覆うている胸――そこが、失われた文書の所在を意味するのであろうか。

それとも、熟《う》れに熟れ、落ちようとしても落ち得ない情熱……。と、あれこれと思い惑っている彼に、いま見た胴衣《チヨツキ》と云う字が、怖ろしい謎の意味で迫ってくるのだった。

（胴衣《チヨツキ》、黄色い胴衣《チヨツキ》。葛子夫人の裸身を覆うていた、黄色い胴衣《チヨツキ》。だが、あの時、マチルデは西風号《ヴエスト》にいなかったではないか。）

それから、数時間後に、可狄の陸橋を差して、彼は凸凹した泥濘の道を歩いていた。やがて、闇空の下に、白い、一条の明るみがさした。

仄かに、茫漠たる橋梁の蜒《うね》りが現われたのである。

まさに、二時五十八分。——

そこは、寂寥と沈黙と闇夜のみであった。橋頭の灯影を、冬近い灰色の雨が包み、下は、闇を拡げたような、可狄の墓場なのである。

すると、流れを思わせる、濡れた歩道の彼方に、一つの、小さな人影が泛び上った。

ああ波江——彼は、息苦しく躍る、心臓を押えて駈け寄った。

が、此処にも、思わぬ運命の戯むれが潜んでいたのである。橋桁の蔭に、肩を凋めて、一際小さく蹲《うずく》まっている少女——それが、波江ではなかった。

「アッ、登江さん」

彼は、驚いたように声を投げ、じっと立ち竦んでしまった。登江の憂鬱そうな眼、尖った肩を見ると、溢れてくる感情は何も云えなかったのである。そして、それなり冷たい闇を挟んで、沈黙が続けられていたが、

「しかし、どうして貴女は、深更にこんな所まで来たのです？　波江は……」

「波江は、とうとう参られませんでした。やはり、見張りが厳しくて、駄目だったんですの。私、そんな訳で、思い切って、波江の言伝《ことづて》をお伝えに参りましたの」

十三ではあるが、柄の大きな、薄手の外套の上から鎖骨の見えるような登江は、滴の垂れる髪をかきあげ一、二歩あゆみ寄った。

「ねえ法水さん、暫く貴方は、波江を御覧にならなかったでしょう。ですから、いまもし見たら、きっと吃驚《びっくり》なさいますわよ。近頃じゃ、あの娘、そりゃ惨めなんですの。骨や節々が、すっかり目立って来て、大そう嗄《しゃが》れた軽い咳をするようになりました。ねえ、貴方には、望楼の鉄仮面を救うより、先に義務がありますわよ」

法水は、登江が握った手を引っこめて、わざと冷淡そうに云った。

「大そう、お上手なことを仰言るんですね。僕は、婚礼の祝典オペラ《フェスト・オーパー》を見たら、寄輪を発つつもりですし……」

「マア、そんなことになったら、あの娘、死んでしまいますわよ。近頃じゃ、睡られないで、よる夜中でも、室を歩き廻るようなことがあるんですし、そんな時には、朝はきっと眼を窪ませて、ねえ登江、考えなけりゃ眠られるんだけど、もしその間に死んでしまったらと云いますの。法水さん、これでも、貴方にはお分りにはなりませんの。波江は、もう子供じゃ御座いませんのよ」

登江は、うるんだ眼で、外套を抑えるのも忘れて、雨沫で、小さな乳首が肌着のうえに盛りあがってゆく。

しかし、その時、ふと法水の頭を、冷たいものが掠めた。

登江が、切れぎれながらも、波江の熱情を語っているうちに、その腹がくねくね波うつように前へ乗り出し、からだ全体が、一つの旋律をなしているのである。

それはもう、ただ踊りそのものであった。もしやしたら、波江にかこつけて、登江は、自分の恋情を物語っているのではないか。

「いや、よく分りました」

法水は、前よりも一層冷たく云った。

「あの人は、自分で自分を滅す、毒を作っているのです。僕が、そう云ったと、仰言って下さい」

「マア、私の云うことを、本気になさらないのね。でも、怒ってるんじゃない？　いつか私、艇の中で、飛んだことを云ってしまったそうですけど……」

暫く登江の声が、呼吸づくようにしか聴えなかったが、そのうち、両手を顔に当て、しくんしくんと泣きじゃくりをはじめた。その痛々しさに、法水はふと顔を外向《そむ》けたが、そのとき……端れの灯影に泛び出たような人影が現われた。

続いて、一人、二人……と、見る見る橋を堰《せ》いた真黒な一団が、歩道の灯を、流れのように乱して近附いてくる。

「しまった、陥穽だ。あれが、登江の書いた偽手紙とは分ったが、しかし、秘密機関の鼻が、どうして此処を嗅ぎつけたのだろう」

と、強く幅広く、太鼓を打つような心動を聴きながら、じわりじわりと後退《あとずさ》りをはじめたのである。その時、なにか背後に立っていそうで、不安を嗅ぎつけたような、油汗が滴りはじめた。ちょうど、彼の背後四、五間ばかりのところに、まさに死なんと横たわっている男があった。

「アッ、何か此処に……」

登江が、裂くような声をあげて、法水に獅嚙《しが》みついた。振り向くと、まさに踏もうとしている髪毛が見えた。

橋燈の、陰惨な朧《おぼろ》な灯に照らされて、一人の秘密機関員が、咽喉を割られ顔を引ん歪めて、動きもせず、まさに絶え入ろうとしているのだ。

大きな、それだけが生きもののような眼、血溜りを掃いて、サッと煙る雨脚……。

法水は、凝っと眼を据えて、この思いもよらぬ不思議な情景を眺めていた。

「上念君、君、こりゃ私刑《リンチ》かね」

一団の先頭に立った上念の顔に、法水は吐きつけるような笑みを投げた。

「なに、私刑《リンチ》だと、そうか」

上念は、嚙み切るように云って、背後の一人に屍体を覗かせた。

「アッ、こりゃ首領《かしら》、孕石《はらみいし》の野郎ですぜ、殺《や》られたんだ……殺られるなア仕方がねえが、殺ったのは何奴《どいつ》だ……」

その声が、反響をし合って、投げ交されているうちに、見る見る集まって、殺気のようなものになった。

そうして、今か今かと、上念の気色を窺う秘密機関員を前に、法水は二度ふたたび嘲笑った。

「なるほど、こりゃ、至極念の入った話だ、穽の中の、また穽と云う訳だね。だが上念、僕を殺したら、あの密書は永劫出っこないぞ」

「所が、その密書だがねえ。君は一昨日、あの邸の何処で休憩したと思う？　いや、そこが、いま波江さまのいる室《へや》なんだが、こんな小娘が、吾々機関員の鼻を明かして、逃げ了《おお》せるには理由があるのだ。サア波江さま、胸を離れて、御婚儀の迫った身で、何と云う恥じた態だ」

と、登江の肩を掴んで、ぐいと振り向けたとき、上念の顔が土気色に変った。驚きのあまり、声も出ず、両腕は、弾条《バネ》が切れたようにだらりと下って動かない。

「フウム、登江さま、貴女でしたか。御身分柄もわきまえず、何と云う大それた……」

所が、上念の失望と入れ代って、今度は法水に、容易ならぬ危機が訪れた。それは、人ではなく、運命の驚くべき待伏せだったのである。

死体を見て、機関員の一人がいきなり叫び立てたのであった。

「オヤッ、孕石の手が動いたぞ！　どうです首領、此奴、何処に持っていたのか、縫針を並べやがった。御覧なせえ、アッアッ、ノ、ノ、ノリミズ……」

それは、全く不思議な瞬間だったのである。

瀕死の男が、踠《もが》きながら腕を伸ばして、血溜りに、針を浮べて一人の名を書いた……。法水は、眼の先が、眩むようにチカチカして、機関員の怒号が、耳に薄らぼんやりと響いて、やがて荒れ狂うであろう虐殺の兆が感ぜられた。

よし、飛び下りるか――しかし、下は、喪布を拡げたような闇の墓場である。棺綱《つな》が繰り下げられて、鍬の音が聴え、やがては自分も土に覆われてしまうのであろう。

絶望、死、墓――彼はその言葉を、半覚《うつつ》に呟いていた。

三、仮面の新床へ

所が、それに遡って、まだ宵の口の十時頃であったが、上念の誤算から、警戒が解かれたのを機に、波江は、久方振りで庭の土を踏むことが出来た。

蟋蟀《こおろぎ》が、しっとりと濡れた草叢で啼き交し、薄明りに、ほんのり葉隠れの梨が、輪先をめぐらしている。

彼女は、揺れて小枝から落ちた果《み》に、婦々と囁きはじめたのである。

「マア、禁断の木実《このみ》だって……。そんな事を自分で云って、私をからかうものじゃないわ。まだ、ちっとも熟れてない癖に、お前も、私みたいに喰べられたいのかしら……」

そう云って、軽く噛んで、じっと歯跡を眺め、やがて来るであろう、恋の陶酔に恍惚となった。波江は、その果《み》を投げながら、くるくる踊るように廻りはじめた。裳裾が、そよ風を立て、甘酸っぱい艶めかしい、花粉の匂いが一っぱいに拡がった。やがて、小路を辿り辿り、彼女の姿は薔薇門の彼方に消えてしまった。

それから、間もなく種子は、扉を押した波江の姿を見たのである。

二人の眼が、パタリと出合ったとき、瞬間ではあったが、懼《おそ》れ疑う、いろいろな感情がもつれ合った。

しかし波江には、永らく法水の妻が病床にいることは聞いていたし、また種子には、時刻から推しても、波江なら、とうに今頃陸橋にいる筈だと考えた。

そんな訳で、疑いが全く解けたと云う訳でもなく、たがいに、妙な牽制をし合いながら話しはじめた。

「マア、貴女が波江さんのお姉さまですって。一体その方、お幾つで御座いますの。さぞ貴女と同様お美しいんでしょうけどねえ」

そう云って、種子が波江の眼を見ると、瞳に、自分の顔が密画のように映っている。それが、恐ろしい炎のようなものに、包まれているのだった。

「十五で御座いますわ。波江は、まだホンの子供なんですのよ」

「なに、十五ですって……。そんなのに、マア何と大外れた方なんでしょう。そんな子供の癖に、呆れるじゃありませんの。この深更に、人も行かない墓場で、それも、四十近い男と逢引きをしようなんて」

「で、でも叔母さま、私には、お言葉の意味がサッパリ分りませんの。波江が一体、今夜どうしたと云うので御座います」

自分の罵られるのが、だんだん悲しくなって来て、波江は、ほんとうに舞台で泣いてしまう役者のようになった。

「お目にかけましょうか。法水に、実はこんな手紙を寄越しましたの。ですから、さっきお邸へ電話をかけて、もうちと、しつけにお気を付けなさいと云ってやりましたわ」

波江は、ぶるぶる顫える字を追うて、手紙を読み下した。どうしよう、何者かは知らぬが、まさしく偽手紙だ。

秘密機関、橋弧の描く怪物のような姿、そこからもんどり打って、闇に堕ちゆく法水の屍体。

こうして、数時間前に泛んだ波江の幻影が、果していまは、息窒《つま》らんばかりの睨み合いとなって、橋上に展開された……。

「どうするんだ法水、未練たらたら、何と云う態《ざま》だ。サア、観念して、男らしく、僕に保護してくれと、両手を突き出すさ。なに、この連中かね、いや、何もせんよ。ちっとは野蛮かも知らんが、規律だけはある」

さっきの、荒々しい喧騒に続いて、今度は陰惨な静けさがやって来た。上念は、牙のような白い歯をチラリと見せて、故意《わざ》と退屈そうな欠伸《あくび》をした。

「オイ。何とか云え。君は、睡ってるのか、死んでいるのか。いやいや、どの道どうなろうたって、君みたいな艶福家なら、殉教と思えば悔いもあるまい。あやかりたいねえ。お邸の蓮葉娘が二人と、あの淫売先生、それに聴きぁ、種子とか云う、手頃な年増もいるそうじゃないか。ねえ君、当分君と、監置所で遇う生活が楽しみになって来たよ。何と云うかな、一瞥で、石胎女《うまずめ》でも孕ませるような……そうだ求愛技術《リーベスクンスト》か。そいつをたっぷり、御披露に預りたいがね」

と、上念の手が法水の肩にかかったとき、彼は身体を沈めて、屍体のうえに踞《かが》んだ。間もなく手を血塗《ちまみ》れにして、立ち上った彼の顔が、実に何とも云えぬ異様な表情に満されていたのである。

上念は、笑いを引っ込めて、厳粛な顔になった。

「では、此処で一、二分猶予を与えよう。無益な争いを考えて、僕に、葛子事件の犯人を逸しさせないでくれ給え」

と時計を取り出したが、オヤ止っているな――と呟いた。

「そうだろうとも……。ひとりでに、針が動くような場所なら、時計も止ろうさ」

突然法水が、永い永い沈黙を破って云った。すると、見えない手が、上念の肩を捉えて、グイと揺ぶったかのように、

「な、何を云うんだ。針が僕の時計に、なんの関係がある？」

「だって、磁力をうけた針は、北へ向くからね。しかも、自然《ひとり》でにだ……、ねえ君、全く意外だったね。君が、時計と磁石を一所にさえしなけりゃ、僕は危うく仮面を冠るところだったよ。磁力のある針と、ないのを按配して、君はそっと血溜りの上へ落して往ったのだ。やがて、磁力のあるのが、北を向いて、自然と片仮名の字画が描かれる。いやはや、何ともかとも恐れ入ったよ。しかし、部下を殺しても、制裁のない君を、僕はつくづく羨ましく思うがね」

此処で、二人の地位が、俄然転倒した。

上念は、顫えるような眼差を、チラリと投げたが、それはすぐ隠れて一瞬の間に過ぎなかった。しかし、法水の沈着こそ、真に驚くべきものである。彼は一歩一歩、死へ墓場へと進みながら、しかも秘かに、この逆転を用意していたのであった。

「事実、全くお羨ましい限りさ。僕が、これこれ斯様と、大声で怒鳴っても、あの連中は、君には指一本触れまいからな」

「いや、殺すだろう。疑いもなく、殺す」

上念は、すっかり観念したように、苦笑を泛べて云った。

「この俺だろうが、決して容赦はせんよ。同僚が殺されたんで、冗談にも、此奴と云おうものならその場で殺される。サア、君も、此処で復讐をするさ」

「いや、助けよう」

それを聴いたときの表情は、一度見たら決して忘れられるものではなかった。上念は、唖然と口をあいて、その場に立ち竦《すく》んでしまったのである。

と、続いて、法水の落着き払った声がした。

「これから橋の袂へ行って、橋燈の開閉器《スイッチ》を切るんだ。そうすれば、君は助かる」

所が、その瞬間、実に奇異な出来事が起った。何者かの手で、上念の手を俟たずに橋燈が消されたのである。

怒号、叫喚、赤い閃光が、一つ、二つ、橋桁を染めて消えた。しかし、それも一度だけで、同士打ちを気遣った機関員は、二度と射撃を行わなかった。

かくて法水は、颶風の中心から遁れ去ることが出来たのである。

やがて彼は、橋頭の翼飾りを探り当てたが、その時、闇に咽《むせ》ぶような香りがした。彼の腕に、グニャリと、軟かなものが触れたのであった。

「アッ、危ない登江さん」

それから、登江を抱えて、楡《にれ》の並木を辿ってゆくうちに、ふと抑えていた、登江の胸から異様な感触が伝わってきた。騎兵のつける胸甲のような、登江の乳房に弾むような膨らみがあって、圧しても、窪まずにピンと勃《たか》まる乳首――。

「ああ、波江……」

髪も呼吸も、肩にかかる胸の円味まで、彼には憶えがあった。間もなく彼の鼓動が、咽び入る波江の声と共にもつれ合ったのである。

波江は、それまでの事を細々と語り、さっき橋燈の灯を消したのも、彼女であると云った。

しかし、この邂逅が運命的であっただけに、それまで燻《くす》ぶっていた、愛恋の火が一時に燃え上った。やがて二人は、寄輪特有の辻馬車の客となって、朝の光が、霧を透してそそぐ、丘の間をくねって行った。

少女が、恋を覚えると、こうも心理的に豊満になるかと思われたほどに、波江は熟し切った女のように振舞っていた。

寄輪から三里の距離にある、施戸《せど》の牧場に着いて、二人は、せせらぐような大麦の畑に入って行った。

湿った土から、ぬくもった、陽炎《かげろう》のようなものが立ち上り、物思わしげに、穂先を揺ってやがて流れて、たなびくように遠方へ消えてしまうのであった。

「もう私たちは、行くところまで行かなきァなりませんわね。どうなるんだか、どこへ行くのか、でも、分らないけれど、私には楽しいわ」

大麦の穂が、いろいろな反射をのせて、視野の限りを、どこまでも流れのような旅を続けてゆく。法水は、その流れに幻を泛べているうちに、いつか滝となり、轟然と落ちるようなものを感じて来た。

するとと彼は、気にもないことを云い、その深淵を前に辛くも踏み止まるのであった。

「ああ、明日は祝典オペラ《フエスト・オーバー》でしたね、僕は自分の経験で、貴女を失った道助さんを、そりゃお気の毒に思っていますよ」

「厭、何を云うの、云っちゃ厭。こんな辛い思いをして、一生別れるのは厭よ」

波江のたぎるような、狂わしい情熱に引きずられて、ともすると彼は、美しい、この絹の上に泥の汚点をつけたくなるのであった。

瞼の上へ、軟かな女の呼吸がかかると、彼はびくびく引っつれるような衝動を覚えるのだった。

そして、蹌《よろ》めくように、立ち上って、小川の前で踞《かが》んだ。流れに顔をひたすと、唇の廻りの紅が溶けて、美しい藻草のように揺ぎ出すのだ。

しかし二人は、こうして過した恋の一日が、末には怖しい凶運となって訪れようとは知らなかったのである。

それから彼は、波江を施戸の宿に置き、寄輪に引き返して、瀬高邸を訪れたのであった。

「法水君、今日の儂は、君に父親として物を云いたいのだが、どうだ、出来ぬだろうかな、儂は君に波江を返して貰いたいのだが……」

十八郎の顔には、沈鬱の色が漂い、彼は腕を背後に廻し、黙々と入って来たのである。

「波江……分りませんな。僕に、波江を返せとは、一体どんな意味です？」

と呟くように云い、苦痛の色を泛べたが、法水は冷かに口を噤《つぐ》んで答えなかった。

やがて十八郎は、この沈黙に耐え切れなくなって、

「君も知っての通り、儂と道助とは、義理のある仲だ、しかも明日は、婚礼の祝典《フエスト・》オペラ《オーパー》がある。どうだろう、親の儂と、婿の道助に波江を返して貰えんだろうか」

十八郎も、この時ばかりは、流石《さすが》に冷静を失っていた。

彼が、焦だたしげに立ち上って、扉を開くと、そこに橙花の帽子と、紗の裳裾とが見えた。いつか、処女と純潔とが、この衣裳の光明のうちに、綻《ほころ》んでゆくのだ。所が、そこに、影のように見えて……レースを手にとった道助が、ぼんやりと突っ立っていた。

気が付いたと見え、間もなく彼は、法水に懐かしげな挨拶をした。

「法水さん、僕も御無理だろうとは思っています。いいえ、これは、誰の罪でもない

のですよ。運命です。些細な偶然が集まったんですね」

道助は、美しい愁いげな顔を向けたが、それには、些かも悪意の色がなかった。それを見ると、法水の胸を引き裂くようなものが、狂いはじめたのである。

彼は内心必死になって、話題を外そうとした。

「明日は、ヴェルディの『オテロ』をお出しになるとか云う話ですが、お演《や》りになるの、何ですか、カッシオですか」

「いいえ」

道助は口ごもって、サッと顔を赧《あか》めたが、

「エミリヤです。僕の音域が、まだまだ女のほうに残っていましてね。子供なんですね。それとも、少年《ボーイ》ソプラノと云うやつでしょうか……」

と見る見る、顔を覆うて、悲痛なものが波打ってゆく。

「そんな訳で、波江が僕を嫌う理由が分らぬではありません。ですから、貴方のお好意で、明夜のオペラにだけ、波江を貸して頂ければと思います。いや僕は、その一瞬にお別れしますよ……永遠に……しかし、貴方と波江とは、決して滅びることはありますまい……。ああ滅びるとは何でしょう。滅びる……」

咽《むせ》ぶような、道助の声が、やがて消えてしまうと、蔦窓の向うで、サラサラ水盤に落ちる噴泉の音がするばかりであった。

法水には、それが永い永い、闇夜のように思われた。

しかし、頑固に口を噤《つぐ》んで、波江の行方は知らぬと云い切ったのであった。

すると、十八郎の顔が、いきなり険しくなって、

「それでは、もう二度とは云わんことにするが、君はこの茂木根を、内部からじりじりに壊してゆこうと云うのだろう。正面からでは、歯も立つまいが、やがて自壊作用を起させようとして、土台を喰い荒す……き、君は、白蟻だ、毒虫だぞ」

「フム、そうか。僕は君との友情を、相変らず続けたいと思うんだがね」

法水は、十八郎の亢奮を嗜《たしな》めるように見て、

「たとえば僕が、あの文書の手掛りを掴みあげているとしてもか。それでも君は、この僕を敵にして闘うと云うのかね」

「なに、手掛りが……」

突然の言葉に、十八郎がハッと呼吸を引いた。そこへ法水が、一冊の本を卓子《テーブル》の上に取り出した。意外にもそれは、マチルデが胴衣《ヴエステ》と書いた、仮名手本だったのである。

「見給え、こいつが手掛りなんだ。この胴衣《ヴエステ》と云う字が、ちょっと気を持たせるが、それはあの女が『西風《ヴエスト》』(West) を『胴衣《ヴエステ》』(Weste) と書き誤ったに過ぎないのだ。むしろ、問題と云うのは、この開き方にある。どうだ、あの淫売先生、やはり洋書のように、左から開いているじゃないか。所が瀬高君、いつぞやあの文書にあった、6

と云う字だがね、君は、あの描き透しを忘れる気遣いはあるまい。そこで、もしあの文書を、洋書流に左から開いたとすりゃ、6が逆立をして9になる……」「フム、それで」

「つまり、そこに微妙な符合があるのだよ。それも9なら、あの時、文書の代りに入れてあった、白紙の数も九枚なんだ。マチルデだ、ローテルリンゲンの血をひくと云う、あの女の仕業だ」

「フウム、そうか、マチルデか……」

十八郎は、語尾を呻るように引いたが、しかし、彼の顔を覆うのは、失望の色であった。

「所が、そのマチルデだがねえ。昨夜上念の独断で、警戒が解かれた、その隙に、あの女も波江も、一緒に見えんと云う訳だ」

そう云って立ち上ったが、そのとき彼の身体が、まるで雲の中から現われたように巨きく見えた。

「しかし機会《チャンス》だ、恐らくこれが最後の機会かも知れぬぞ」

そうして、寄輪の全市に、秘密機関の手が、蜘蛛糸のような網を張ったのであった。所が、夜になると、法水も波江と共に、寄輪の一角へ姿を現わした。そこは、安奈佐町と云い、春婦宿やいかがわしいホテルが軒を並べていて、いわば、寄輪と云う街の下水道に当るのであった。しかし、この一角以外には、波江が、秘密機関の眼をあざむき、身を隠す場所はないのである。

「此処が、いいでしょう。鍵の手の奥で、ちょっとは分らんだろうし、サアと云うときにも隣りの屋上へ遁げられますしね」

そう云って、扉《ドア》を押すと、痩せた、どこか眼付の凄い女将が、二人を黙々と二階へ導いて行った。そして鍵を渡し、金を受けると扉《ドア》をバタンと締めて、一言も云わず降りてゆくのだった。

こうした雰囲気が、波江には、事のほか珍らしかった。

黄色くなった壁紙に、湿気のしみた白木の卓子《テーブル》が一つ、そして、隅には黴臭そうな寝台と、その脚下に、金盥が一つあった。

「マア、なんだか私、お妾さんみたいね」

波江は、鍵蓋の下る扉を、不思議そうに眺めていたが、そう云って、法水に擽《くす》ぐるような表情をした。

法水は、羽目の破れや画額の背後を、注意深く点検していたが、やがて終ると、レースの窓掛を掻合わせて云った。

「これで、宜いんです。レースってやつは、外から見えませんからね。どうです。この乾酪《チーズ》みたいな匂いで気分が悪くはありませんか」

「いいえ、何ともありませんの。私、疲れましたわ」

波江は、幾分、落着きのない声で云った。そして、両手をあげて、頭のピンを抜きはじめたが、身体もどうやら震えているように思われた。彼女はこの夢に、×××××××××××××、××ているらしいのであった。

所が、ふと、隣りの羽目から、人声が洩れて来た。その微かな音は、やっと細い狭間を洩れてくるだけだったが、単調な、しかも絶えもせず顫えているように聴える。

そのうち、圧しつけるような声で、重々しく、

「鉄仮面……」

と云うのが聴えた。

第四篇　金眼銀眼の秘密

一、歌劇場《オペラ》の十一時

「鉄仮面――って、いま隣りの室でそう云ったように聴えませんでしたか」

法水は、ぎょっと聴き耳をたてたが、すぐに自分の耳を疑うような訊き方をした。

波江も、不安に耐らず、激しい、もがくような呼吸をして、

「ええ、鉄仮面《マスク・ド・フエル》――って、たしかそうよ。でも、誰でしょうね。邸の者かしら……」

鉄仮面と、なにやら路馬助に就いて、語り出そうとする隣室の人声が、果して二人に直接の危難を意味するのであろうか……。

よもやと信じて、落着いたこの隠れ家にも、はや茂木根の手が廻り、二人が遁れようとし、茂木根の眼を欺きながら、却って秘密機関の内臓を歩き廻っているのではないか。

それとも……と。考えが振子のように揺れはじめた。

それとも、これが思わぬ好機であれば、あの釘穴が、もしやして秘密の覗き口となるかも知れぬ。よし、怖れるよりも先に、隣室の男が何者であるか、確かめることだ――と二足三足羽目際に近附いたとき、今度は、前よりも高く冴せんばかりに響いた。

「なんでえ、冗談じゃねえぞ『鉄仮面の脱出《レヴアジヨン・デユ・マスク・ド・フエル》』だなんて、こりゃお前、若草週刊《バンジヤマン》の続きものじゃねえか。こんなものを俺に見せて。まさか齢が十四だなんて、云うんじゃあるめえな」

その後で、クックッと擽ぐられてでもいる、忍び笑いを聴いたとき、法水は、このはち切れんばかりの緊張が莫迦らしく感ぜられた。

「タバラン」と云うCan-Can《カンカン》踊りのキャバレーを中心に、寄輪は、西貢《サイゴン》、上海《シヤンハイ》と続く、フランス淫売の集団地なのであった。

「何のことはなかったんです。つい、神経が鋭すぎて、余計な汗をかいちまった。あれやね『鉄仮面の脱出』と云う、続きものの題名なんですよ」

かくて、緊張が去り、再びぬくもった艶めかしさが訪れてきた。陸橋の危難、邂逅、大麦の畑、そうして、逍遥の後がこの室であった。

「あれから、父とお遇いになりまして……」

「遇いました……道助君ともね」

いまの衝撃《シヨツク》が、理性を吹き込んだのであろうか、法水の脳が冷々と冴えて来た。

「道助君は、貴女を、明夜の祝典オペラ《フエスト・オーパー》にだけ貸してくれと僕に嘆願するのです。あの人は、きっと死にますよ。もしやの時は、自殺もし兼ねまじい決心なんですからね」

道助の嘆きが、あれ以来、頭のどこか隅に、腫物のようになってこびり付いているのだった。しかし波江は、男の手をとって、抱き合うような気持で、そっと胸に当てた。

「もう、そんな事は、お考えにならないでね。私、貴方と父の仲が、もう決裂の、一歩手前まで進んでいることは存じて居りますの。それに、あの文書を奪ったマチルデの行衛も知れず、私も戻らないとなったら、貴方のお仕事にそれが大きな支障となることも存じて居りますわ。ねえ貴方は、私を、道助の許へお戻しになりたいのでしょう。でも、そんな事をして……決してそんな事はしないと、誓って頂戴、貴方が私を棄てるなんて、ほんとうじゃないって云って頂戴」

波江は、全身に臆病らしい媚を集めて、男をなまじな道義心から引き離そうと踠《もが》きはじめた。

「ねえ、聴いて頂戴。瀬高の家のものは、一生父の手で、将棋みたいに動かされるのよ。父の野心が、図抜けて巨きければ巨きいほど、私たちは、背負荷が重くなって、一層惨めになるのよ。私だって、父の恐ろしさを、知らぬとは云いませんけど……」

「明夜まで、貴女が戻らないときには、決裂が起るのです。いや僕だって、貴女のお父さんの恐ろしさは、充分に知っています。ですから、貴女を抱えて……マチルデを捜し……望楼の鉄仮面を救うなんて、露ほど僕には自信のないことなんです」

「いいえ、貴方は、父よりもずっとお強いのですわ。そんなことは、訳もなく、じきに済んでしまいますわよ」

そう云って、男を優しくなだめる態度には、なにか艶めかしい、手練の娼婦のような感じがした。それは、この機会に、いつまでも自分に結びつけて置きたい、支配したい、占有したい、処女の強烈な欲求である。

しかし法水は、莨烟《ろうえん》のなかでまじまじと考えていた。

(到底この恋は、茂木根の没落を見ぬかぎり、なし遂げられるとは思えぬ。悲しい、不幸な、絶望的な恋――それに、この少女を陥し入れるようなことがあってはならぬ。そうだ、女将に頼んで瀬高の邸に波江の居所を告げさせよう)

そうして暫く、眼で送る、純潔な愛撫を楽しんでいた。ともすると、睫毛が濡れ、恋の終りの、悲しい影がせわしく泛び上ってくるのだった。

「ちょっと、煙草を云って来ますからね。灯りを消すまで、鎧扉はそのままにして置いて下さい」

衣袋《ポケット》のなかで、鍵を探りながら、閾《しきい》越しにもう一度波江の顔を見た。呼び返してくれたらと、そうも念じながら、別れの情けの罩《こも》った、接吻を、愛くるしい眼許に投げた。さようなら——しかしその時、それまで室《へや》を訪れていた、物懶《う》い風見の音が絶えたのである。

中庭を隔てた向うの屋根で、キイキイ鳴きながら、尻尾をあげた風見の雄鶏が廻っている。その音が、ふと途絶えたかと思うと、その周囲に、星空を黒く区切って、四、五人の人影が現われた。その下は、建築の彩もない、四角な氷壁のような壁——昼間は醜く、夜は陰惨になる小路であった。

「あっ、あれ何でしょう」

波江が、眼ざとく見付けて、法水に顫えるような声を投げた。

「し、静かにするんです。落着いて、何でもありません。落着いて……」

波江を胸に抱えて、じっと息を凝らしているうちに、もう望みもなく、これなり狭まってくる網のなかに囚えられるのかと思った。

とその時、階段の下から、重々しい男の跫音が響いてきた。

一足一足、注意深く踏みしめるような足付きは、踊り場へ来ても、二の階にかかっても一向に変らなかった。

やがて杖《ケーン》で終段の擬宝子《ぎぼし》を叩く音がして、その男が階上に上ったことが分った。

霜枯の葉を吹き払う、風が鎧扉を揺り、その闇に、泛び沈む跫音は無限に続くかと思われた。

法水は、迫ってきた跫音に、そっと向きを変え、眼を入口の扉《ドア》に注いだ。鍵孔から光りが見え、把手《ノッブ》がガチャリと鳴った……。

しかし扉は開かれず、光りは框《かまち》の室番号を揺って、やがて消えて、再びその男は黙々と歩きはじめたのである。

と、その瞬後であった。

どこか近くの扉を開く、風のような音がしたかと思うと、突然隣室から、アッと圧しつけられたような、叫び声が洩れた。

「いよう、今晩はマチルデ、今夜はお客に来たぜ」

マチルデ、隣室の女が——と、忽ち彼は吸いつけられたようになって、眼を羽目の釘穴に押し付けたのである。

前方から差し込む、暗い灯が、影絵のようにその男の姿を浮出させている。背の高い、肩の尖った、それは上念の恐ろしい後姿であった。

「ひとを、犬みたいに蹤《つ》け廻して……何さ。あれだけ、閉じ籠めて、非道《ひど》い目に会わして置いて、まだ、お前さんたち、し足りないのかね。黴毒がありゃしまいし、もう触っておくれでないよ。あたしゃ今、『タラバン』の踊り手なんだからね。踵の減った姐さんたちと、ちっとは種がちがうんだよ」

衣裳のままのマチルデは、肩を丸出しにして、寝台の上に起きていた。近くの「タラバン」からは、夜風に揺られて野鄙なCan-Can《カンカン》の朗謡《バラード》、高くあげて、靴をかち合わせる踊り子の嬌声が洩れてくる。

「そうか、相変らず白を切るか、あの文書を盗んで、得江子夫人の死を待って、貴様名乗り出ようと云う魂胆だろう。よしよし、それでは、充分納得するまで云い聴かせてやる。得江子老夫人で、茂木根の正系が絶えるのだ。所が、二百年前、分家の弟と、二子を設けたヨハンナ・ローテルリンゲン。その血を受け継ぐ、瀬高家の証拠を貴様が盗んだのだ！」

「知らないねえ、御先祖の一人に、誰がいようと、裔《すえ》が淫売になるようじゃ、あまり有難かあないからね。退いておくれってば、出番なんだからさ、退かないね、私、声を出すよ」

「出すがいい、遠慮なく出してみるがいいさ」

上念は、傲然と構えて、微動《みじろ》ごうともしない。

「金モール仕立ての密偵までいる……、この国一流の人物が、被傭者名簿に名を列《つ》らねている、茂木根だ。この機関の耳には、どんなお喋りでも入る。どんな手紙でも、開封される。やりたいと思うことは、無鉄砲なほど、我利的《エゴイステイツク》にやって退《の》ける、茂木根だ。あれを見ろ、彼処の屋根に、どうだ、あの小路に何かいるな。今夜から、この機関は、閣下の直轄下に属したのだぞ。あの網は、今夜、明け方まで張られるんだ。もう一匹、貴様の後を追う、ホラ法水だ——あの鱶《ふか》が、いまにじき網にかかるだろう。サア、支度って、支度をして貰うかね」

「支度って、お前さん、かどわかす気かね。よう、何処へ行くのさ、女部屋かい？」

「いや、望楼へ行くんだ。鉄仮面の運命が、貴様を待っている！」

そうして沈黙を、殺気の寒々としたものが流れてゆく。マチルデは、ぜいぜいと荒い呼吸をしていたが、

「因果だねえ、私。出の合間に、お客なんぞ取ったもんだから……。でも、分ったわ、お前さん、私の肉体が見たいんだろう。そりゃ役目柄、おいそれとは、このまま帰れないだろうからね。手鞄一つない私が、一体どこへ隠せると云うのさ」

と腕をあげると、胸から薄絹が滑り落ちて、それまで、クッキリと盛りあがっていた、薔薇色の槍が現われた。

しかしマチルデは、なおも危難を遁れようと、必死に踠《もが》きはじめた。Can-Can《カンカン》独特の、真黒な靴下《ストッキング》。太い腰を揺って、やがて蹈《かが》んだとみると、幾重もの色絹に虹がゆらぎ渡って、みるみる大きな花弁となって開かれてゆくのだ。

真黒な二本の芯——。股引《キユロツト》と靴下止《ガーター》めにくびれた、金色の腿、それは、鋭い男殺

しの微笑であった。上念が、男なら、鼻に皺をよせ、口を涸々《からから》にさせるであろう。

やがて彼女は、足を投げ出したまま、ホッとした気味の声を出した。

「今夜、閉場《はね》てからなら、約束してもいいわよ。アアラ貴方、鉄仮面なんて、この若草週刊《パンジャマン》を見て思い付いたんじゃないの」

「そうかも知らん」

上念が、ぶっ切るように云ったかと思うと、いきなりマチルデの顔に、黒い沈むような影が覆いかかった。

金具の音、仮面――その瞬間、マチルデは失神したように動かなくなってしまった。二本の足を投げ出して、Can-Can《カンカン》の衣裳のまま、仮面をつけられたマチルデは、またとない無残な、しかも滑稽な姿だったのである。

「しまって置きな、剝き立ての、林檎のようだが、こうお粗末に曝してちゃ……色も味もない」

上念は、股引《キユロツト》の下の肉を、ピシピシ平手で叩いていたが、やがて黒布をかぶせ、マチルデをグイと抱き上げた。

間もなく、重たげな跫音が、階下へ風のように薄れ消えてしまったのである。マチルデが、鉄の仮面をかぶせられて、秘密機関の手に落ちた――。その影と、痙攣の秘密は、ただ法水と波江が知るのみであった。

翌朝二人は、朝の光に耐えられなかった。鎧扉から射し込む、ダンダラな陽に、波江は枕に顔を埋めた。

眼の隅から、男の顔を、覗くように偸《ぬす》み見て、小声で、そっと吐息のようなものを洩らすのだった。

「早く私たちは、昼間も、愛し合うようになりたいものだわ」

陽に当ると、醜く凋《しぼ》む逃亡者の身を、波江は知らぬではなかった。しかし、法水との一夜――ふとした運命の戯れが、彼に波江から去ることを許さなかったのである。秘密機関の重囲を知らされて、抜け出る方法もなく、止むなく明かさねばならなかった、波江との一夜に――まさに破綻をまえにした、巨人の懊悩があった。

彼は、悪気の立ちのぼる、沼のなかを彷徨うような気がした。

眼を瞑《と》じて、ポタポタ落ちる、小雨の雫を聴きながら、次第に深く泥のなかに沈んでゆく自分が分らなかった。

道助の嘆き、十八郎の威嚇、もし決裂を見んか、彼は茂木根を向うに廻して、死闘を覚悟せねばならぬ。

しかし、波江……。あの飛沫たつ髪、綻《ほころ》ぶ幼なげな笑い……しかも、急速に芽を伸ばしはじめた女の影。

この巨人の、血も肉も燻ぶりかたまって、真赤な、長々と燃える、舌のような焰になったのである。

そうして、はっきり十八郎との、絶縁を知ったのであった。今夜は、花嫁を欠いた祝典オペラ《フェスト・オーパー》があるだろう。秘密機関は十八郎の直轄下に最高の能力《エネルギー》を発揮するだろう。しかし、昨夜は、あれほど絶望的に、未来の深淵を告げ知らせるかの暗い鐘の音が、今朝は、朝の光と共に、はたと鳴り止んだのであった。

それは、恋に対する清浄な信念が、彼に——ともすれば怯え勝ちな彼に——屈してはならぬ慓悍な闘志を囁いたからだ。

かくて、この物語は、法水の痛烈な反噬《はんぜい》となって、恋を守り、自己の生存を全うするため、また、民衆の敵を打つ烈々なる正義感が——黄金魔《マンモン》茂木根の没落を企てることになったのである。

「きっと、帰ってくるわね」

はじめて、一人になる不安を、波江は頸に縋りながら口にした。そして、法水の姿が、朝の街頭に現われたのである。

しかし、湧然と泛んだ、一つの奇策を伸ばすためには、種子のいる、ホテルの自室に戻らねばならなかった。

「私、少しお話しをさせて頂きたいと思いますの」

幡村《はたむら》以来五ヵ月振りの法水が、そそくさと、種子を離れて、窓際へ行くのが耐えられなかった。彼は、種子に掻い摘んで経過を話すと、すぐ窓掛を目深に下した。そして、双眼鏡の焦点を、対岸の郵便局に据え、その一点をまじまじと覗きはじめたのである。

「何をしてらっしゃるの。少し、気狂い染みてますわよ」

「これも、みんな貴女のためにです」

法水は、少しムッとした気に種子を見た。

「マチルデを吾々の手に入れなければ、貴女の御良人の顔から、仮面を剝ぐ訳には往きませんぞ。御存知でしょう、あの女の争奪が、僕と瀬高の勝敗の分岐点になるのです。いやマチルデは、まだ望楼に運ばれてはいません、どこか、秘密機関の一室で、嚇しすかされて、あの文書の行衛を迫られているのでしょう。つまり、僕の知りたいのは、その秘密機関室《ブラック・キャビネット》、何処にありやなんです」

指令と権謀と悪逆の源泉、秘密機関室の所在を、彼は、層をなす密雲の彼方に捜し求めようとするのだ。

やがて、法水は窓際を離れ、卓上の紙にT. T. S. D. L. O.と書いた。それは、種子が訊ねずにはいられなかったほど、異様なものであった。

「もちろん、成算はありませんが、いま電信室を覗いた、収穫がこれなんです。つまり、受信の閃光《フラッシュ》からですね。数多い茂木根宛の中から、二つ三つ、この奇妙な符号を伴ったものがありました。何でしょう、この符号が、茂木根の組織のなかの、何ものを意味するのでしょうか。所がねえ、あるいは僕の図星が当ったのか、思い違いか、とにかく、後半のDLOだけには、解釈が付きます。Dead Letter Office《デットレター オフィス》——宛先不明郵便物保管所の略称なんですよ」

「では、本当に……」

種子は、まじまじと呆れたように法水を見て、

「どなたか、部下の方でしょうが、マチルデを奪い返すには、御自分の危険を……」

「いや、その男なら、ひとり此処にいます。ただ僕は、無性に、あの人を仮面から救いたくって、たまらないのですよ」

それから、暫く考え込んだのちに、法水は、ふいと室を後にした。戻ってくると、顔を両手のなかに埋めた種子が、むせぶように啜り泣いていた。

法水の、いまの言葉が、彼女の心を鞭打ったように思えたのであろう。仮面と鉄鎖、望楼のぞっとするような静寂——手を差しのべても、沼気の幕が夫の姿を見せなかった。

「路馬助は、ほんとうに救われましょうか」

はじめて、種子の口から出たその言葉に、流転を重ね生死を賭して、路馬助のために闘った甲斐があると思った。

「確信はありません——今のところではね。しかし、あの符号のことは、やや分りかけて来たようです。前半のT.T.S.を、僕は7ではないかと思うのです。つまりTは線《ダッシユ》一つ、Sは点《ダット》三つですからTTSだと、線《ダッシユ》線《ダッシユ》点《ダット》三つ（——…）となる。所が、その組合わせは、同時に、電信符号の数字の7でもあるのです。するとMogine《モギネ》T.T.S.D.L.O.と打ってくるものは、どうやら、宛名不明郵便物保管所《デツト・レター・オフイス》七号気付茂木根——と解釈されましょう。そこで僕は、あの局の保管所を覗いてみたのです。と、どうでしょう。その室にある送信管の口に、あの符号と、午後十一時——と刻まれてあるじゃありませんか。僕は、驚くというよりも、むしろ度を失いましたね。帝国官業の一角に、あの大章魚《おおだこ》の吸盤が、パックと口を開いている。郵便秘密検閲室《シイクレット・デスパッチ》です。毎夜十一時に圧搾空気で検閲を必要とする、封書が送られるのです。あの口に耳をつければ、秘密機関の鼓動が聴かれる……、何処でしょう。あの管が終って……壁に開く……端れは？」

「でも、瀬高の邸《やしき》にあるのでは御座いません？」

「サア、そうは考えられませんね。高度の機構《メカニズム》を必要とする、郵便秘密検閲室《シイクレット・デスパッチ》を、一私人の邸宅に置くことは不可能です」

と彼の声が絶え、再び焦だたしい、彷徨がはじまったのである。

メッテルニヒの頃には、シュタルブルグ宮殿の一室にあって、そこと、国立《シユターツ》オペラの貴賓席との間に、聴耳筒《ラウシユレーレン》が通じていた——そのことは、近世外交史上著明な逸話である。所が、いまそれと同じ管が、寄輪の地中を這って、何処に達しているのであろうか。

模索を重ね、距離を縮めた、秘密機関の所在を、こうして、最後の一歩手前で逸し去ろうとしているのだ。

いまにも、明日にも、マチルデが望楼に運ばれるのであろう。そうしたら——と彼は、唇を噛み、居溜《いたたま》れぬばかりの焦慮を続けていた。所が、何の気もなく、視線が壁にある、寄輪の地図に触れたときであった。

「分った……分りましたよ。これを御覧なさい。はじめて、宛先不明郵便物保管所《デッド・レター・オフィス》七号の、あの符号が生きてきた……。どうです、郵便局のあるのは、歌扇町でしょう。その所が、保管所のある翼室だけが、腕を伸ばして、隣りの町へ入っているのです。その七号……アッ、歌劇場《オペラ》！」

その意外さに、奇異さに、あまりに隔離した対照に、しばらく彼は物も云えなかった。大楽堂《コンツエルト・ハウス》とも、維納新劇場《ノイエ・ウイネル・ビユーネ》とも云われているが、ともかく日本に一つの、茂木根の建てた大歌劇《グランドオペラ》である。その、七層の桟敷《ロージユ》をめぐらした、壮麗な陽の下に、日本の闇を統御する、秘密機関があったのである。かくて彼は、心の底まで、沁みとおるような生気を与えられた。

「さて、この脚本が、いよいよ今夜、大歌劇場《グランド・オペラ》の脚光を浴びるのです。お聴かせしましょう。いま僕は、自分宛に、出鱈目な住所で手紙を出しますが、むろん十一時になれば、秘密機関に送られます。所が、消し印を避けて、封じ目に雷汞《らいこう》を塗って置くのです。ですから、剝がした刹那、轟然と爆音を立てますが、それで、マチルデがどの辺にいるか、見当がつく訳です。種子さん、今夜、見えない舞台に立つ、僕の成功を祈って下さい。事によると、このままお目にかかれないかも知れません」

「私、寒くなってきましたわ」

種子はちょっとの間、絶望の思いで、行けと云う風に相手を見た。眼に、涙が溢れて、何も見えなかった。

やがて、扉が閉められ、廊下に跫音が消えると、何とも云えぬ、遣瀬《やるせ》なさに襲われて床に泣き倒れた。

戸外は、春のような縹渺とした午後であった。

葉をふるい落した、街路樹の梢越しに、陽を脊にした、歌劇場《オペラ》の旗が燃えるように見える。花嫁のいない祝典オペラ《フエスト・オーパー》、十一時と云えば、恐らく「オテロ」も終幕近いであろうが、そのとき、場内に轟く一発の轟声を、自分と瀬高の、半歳にわたる争闘の終局とせねばならぬ。

やがて、陽の翳りにつれて、旗の色にも、迫る戦機を告げる、暗い色が濃くなって往くのだった。しかし彼の胸は、半日見ない波江のことで一杯だった。

「ああ、ちょいと旦那」

宿に来て、室の前の廊下に出ると、向うから、寝台の敷布《シーツ》を両手に抱えた女将に出会った。

「あの娘なら、いませんがね。先刻、ちょっと出掛けるとか云って。そうそう、私、手紙を預ってたっけ」

「出かけた……」

不吉な予感が、グイと胸にせまって、彼は、渡された手紙を手に扉を開いてみた。しかし、その室は、彼に気の遠くなるようなものを覚えさせた。

羽目の蠅の糞にも、寝台の香りにも、寂しい悲しげな泣き声があがっている。彼はもう、手紙をひらく必要さえもないように思った。


――法水さま、考えれば、なんと云う悲しいおめもじだったでしょう。でも、貴方さまのお蔭で、私は女としての誇りを覚えることが出来ました。それなのに、なぜお別れしなければ――、こうまで、悲しく思いながら、お別れしなければ……。

実は、今朝になって昨夜の出来事を考えますと、胸をおそろしく打ちはじめたものが御座いました。この恋を、貴方さまを傷けずに、持ち耐えてゆけるとは到底思えなくなりましたの。法水さま、この波江は、いつまでも貴方様の女なので御座いますよ。そして、恋よりも、もっともっと、すぐれた高いものを、眺めあかしているので御座います。お許し下さいませ。私は、道助の許に帰ります。今夜はどうか、オペラにお出で下さいませぬように……。

読み終ると、云いようのない情緒が、咽喉《のど》をしめつけんばかりに襲ってくる。男の危難を思って、去った波江――その姿が、ほの白く薄闇のなかに浮び出てくるのだ。そうして、愛の廃墟を包む、黄昏のひかりのなかで、消えた女の匂いを、彼は白痴のように追い続けていたのである。所が、それから何時間後のことだったろうか、ふと冷たい、風のようなものに触れた感じがした。

電波にのって、訪れてくる楽の音。それは、「オテロ」の三幕目で、デスデモナが唱う「聖母讃歌《アヴエ・マリア》」であった。

(そうだ、祝典オペラ《フエスト・オーパー》だ。道助が、女形でエミリヤに扮する――あれは三幕目だ。しかし、今夜何事もなければいいが。恋に望みを絶った波江の決心が、もしや……)

と見る見る、彼の心は暗い予感に充されて往った。

それでなくても、一時は波江を疑い、「西風《ヴエスト》」号の葛子殺しもその実彼女であって、室を取り換えたと云い、葛子夫人を殺して、死にも勝る、道助との結婚から遁れようとしたのではないか。

と、あの疑惑が、ふたたび呼吸付《いきづ》いてきて、もくもくと、うねくる一脈の、恐ろしげなものに化してしまったのである。

間もなく法水は、車を歌劇場《オペラ》に着けて、歩道に降り立った。強い光に、円柱の列が真白に見え、裾を絨毯の反映が淡紅いろに射あげている。

しかし今夜は、この物語を流れる網流のすべてが、合して、一本の太い主流となり、この劇場に注がれるのだ。

しかも、十一時には……。

二、金眼銀眼は何を語るや？

ちょうど、第三幕が終ったばかりのところで、幕合いの廊下は、遊歩場《フオアイエ》のなかまで人の波であった。煩わしい歌劇場《オペラ》の作法《エチケツト》が、この騒ぎのなかでも、根気よく繰り返されている。所が、場内に入って最初の駭《おどろ》きと云うのは、意外にも、道助の持役が変っていたことであった。

「なに、ヴェネチア艦隊司令官オテロ、瀬高道助——だと。驚いた、あの道助がオテロを演るなんて、声も姿も、女のような道助が、演るに事かいて、墨塗りの小山のようなオテロだ」

しかし、それについて、彼の心を苛む、波紋のようなものが拡がって往った。摺れちがう人々が、覗き込むのも忘れて、彼は廊下のまんなかに、茫然と突っ立っているのだ。

（純潔な、天使のような道助が真逆と思うが、柄にもない、オテロを演るには、そこに何かなくてはならぬ。妻の貞潔を疑い、イヤゴーに唆《そその》かされて、殺すオテロだ。その妻のデスデモナが、今夜波江でなければよいが）

波江か道助か、いずれに起ろうとも、彼の情炎に禍された、犠牲と云う点では同じである。どうか、あと一幕だ、今夜は何事も起るな——と、昂まる不安に、彼は祈りたい衝動に駆られて来た。そこへ、色テープの籠を抱えて、十八郎が莞爾《にや》つきながら、歩み寄ってきた。

「ああ、法水君か。君には、感謝する。よく、波江を断念《あき》らめて、若い二人の幸福を考えてくれた。今夜幕が終ると、あの二人は旅に立つことになっている。このテープで、一つ門出を祝ってやってくれ給え。一年も経てば、元気に乳を吸う、赤ん坊も出来るだろうしな。いや、有難う、それから、いろいろ話もあるし、君、わしの張出桟敷《バルコン》へ来んかね」

それから、舞台を斜め横から見おろす、十八郎の張出桟敷《バルコン》へ行き、着席したときであった。一人の秘密機関員が、何やら浮かぬ顔で入って来た。

「閣下、何とも信ぜられんような事が起りまして」

「何だ、信ぜられんとは、とにかく、云うてみるがいい」

「実は、唯今お邸から電話がありまして、道助さまが、お戻りになったとか云う話で……」

「なに、道助が……」

と一度は、十八郎の顔色がサッと変ったが、

「いいから、訊き返してやれ。どこをどう、戸惑ったんだとな。いまの幕を終って、邸には戻れるが、それから、次が始まるまでに、此処へ戻って来られるか。だが、道助を一体何処で見たと云うのだな」

「ハイ、猫室《カッツ・ザール》とか申しましたが、そこに、歴《れっ》きとお出でになるのを、見た者が四、五人ではなかったそうで……」

「なに、猫室だと。マア、いいから行け。次の幕になって、吹き出すくらいが関の山だろう」

　その会話を聴いている間に、法水は居溜《いたたま》れぬばかりになって来た。次の幕になれば、たとえ分るとは云え、ああも多数の目撃談を、無下にそのまま、嗤ってしまうことは出来ぬ。すると、もし道助の帰宅が真実だとすれば、今まで舞台に立ち顔を黒々と塗って、オテロを演じていたのは、ほかの歌手だったのか、それとも、次の幕だけが

……と、そこに何やら詭計がありそうに思われて来ると、今夜の波江に、ひどく危険なものが感じられて来た。しかし、そうした想像は、もとより憂愁な道助とは似てもつかぬものであった。

「だが、妙な名だ。猫室とか云いましたね」

「フム、古い群猫の像がある室でな。君も知っている、茂木根球磨太郎、あの方が非常な愛猫家だったそうで……。それ以外には、先代が七十の時の画像が一つあるだけだ」

そのとき、開幕を告げる、電鈴が鳴り渡った。楽士が、管絃楽席《ボックス》のなかで楽器を調べる音が、次第に高まる、人声に混って聴えて来た。やがて、譜台を叩く、指揮者の合図に灯りが消え、脚光《フットライト》が一斉に緞帳を蹴あげた。かくて、ヴェルディの「オテロ」第四幕、「デスデモナの寝室」の幕があがったのである。

「殿のおむずかりは、いかが?《イスト・エア・ベセンフティヒト》」

ちょうど、エミリヤに扮する、次中女音《メッツオ・ソプラノ》が唱いかけたときであった。よく虹の座《プラス・ド・ラルクオン・シエル》とか云われる、対岸の張出桟敷《バルコン》に、真白な輝く微妙な姿が現われた。裳衣《すそぎ》に、覆布《ヴエール》に、白ずくめのなかで、波江の美しさが照り輝くように見える。法水は、口が乾いて凝《じ》っと見詰めることも出来ず、俯向《うつむ》くと、腕の時計に眼がとまった。

まさに、十時四十五分――。

余すところ十五分で、マチルデ奪還の火蓋が切られる。

所が、やがてオテロの出になると、さっきの疑惑を、いやまし濃くさせるものがあった。気のせいか、音域も低く、幅もあり、おまけに、黒く塗ったモール人の扮装で、顔も分らなかった。十八郎も、同じような思いに、居たたまらなくなったと見えて、

「どうだね法水君、わしは、たしかあれが道助だと思うのだが。いや、とにかく舞台裏へ行けば分ることだ」

そして、背後の弾条扉《バネ》がバタンと鳴ったとき、意外にも、対岸の席に見えていた、波江の姿も消えてしまった。

そうして、いよいよ予感の的中が――あの怖ろしい瞬間が、刻々に近附いてくるのを知ったのであった。

波江と道助の二人の魂が、陰に陽に、相せめぐ様がいかなる現われとなるか。また、秒毎に迫る十一時の爆音を聴くために、彼も席を抜け出し舞台裏へ下りて行ったのである。

暗い舞台裏は、人影も疎らで、どこかにうら寒い人声がするばかりであった。背景や簀子《すのこ》から垂れさがる、綱の下を潜り抜けて、やっと舞台の右端に立つことが出来た。数千の人の顔が、酔ったように、まるで、見えない楽器の弓で、擦《こす》られているかのよ

うに見える。しかし、演技は終りに近く、時刻も、まさに十時五十八分だった。爆音はどこにあがる――奈落か、それとも、屋根裏にでも起これば、あの嵌硝子《きりこ》のシャンデリヤが、地震のように揺れるであろう。

そして、ついに時の刻みが尽きた……。

しかし、一、二分は何のこともなく、そろそろ期待が危ぶまれてきた頃であった。突然、意外な場所から――実に予想さえもされなかった、奇異な場所からあがったのである。ちょうど、幕切で、デスデモナが刺され、助けて、助けて、オテロ《ヒフエテ・ヒフエテ・オテロ・》様がデスデモナ様を殺しやった《オースト・デスデモナ》――と、エミリヤの狂喚がまさに幕を下そうとしたときであった。いきなり、オテロの胸から、微かな轟音《ごうおん》が発したかと思うと、見る見る、頸から顔にかけ、くるめきあがる焔に包まれた。オテロは、悲痛な呻きを発し、顔をかきむしりながら、よろよろと緞帳に倒れかかった。

「ああ、オテロの胸に……、どうして、あの手紙が、滑り込んだのだろうか?」

と一時は、渦巻くような、疑惑に襲いかかられたが、それさえも目前の惨劇さえも、いつか深い深い放心のなかに薄れ消えてゆくのだった。

が、場内の混乱は、緞帳に移って立ちあがる、舌のようなものを見たときはじまった。

流れ、転がり、倒れ、押し合いする、潰乱の観客席《オーデイトリウム》を、焔が、赤く彩られた谿谷のように映し出したのである。

　ちょうど、太い、筒のような虹が突っ立ったかのように、装飾の金碧に、シャンデリヤに、照りはえた焰の反映が、みるみる、束ねきらめく金色の雨となって降ってゆくのだ。が、やがて、緞帳は真二つに焼き切れた。そして、裂目から吹き出す、凄まじい焰が、オテロの死体のうえに、轟然と落下したのであった。

「ひ、人殺しをやってしまった……過失とは云え……生れてはじめて、人を殺したことは確かだ……だが、あのオテロは……誰だろう、道助だろうか？」

　いつの間に、飛び出したのか、法水は夜の街を鬱々と歩いていた。生涯に、はじめて頭を垂れ、全身に、けだるい沈鬱なものが漂っている。街頭の灯影で見た、自分の顔は黄蠟のように蒼ざめていた。偶然な、しかも、あり得ない運命的な錯誤が、彼を苦悩のどん底に突き入れてしまったのである。喘いで獲たものは、マチルデではなく、ただ忌わしい殺人者の烙印のみであった。

　どうすればいい……身体に重みがなく、考えも、あちこち吹きやられているように、取りとめがなかった。

　——あの雷汞《らいこう》を塗った手紙が、いつどうして、オテロの胸に滑り込んだかは疑問である。が、そうかと云って、いつまでも、悪夢の影に追われ、苛責の念に鎖されていることは……。と思うと手首に縄の端が触れたように感じて、彼はぞっとなるのであった。しかし、終《しま》いには、背後から聴える、跫音《あしおと》のようなものに耐え切れなくなってしまった。そうして、自首の決心をし、その足で歌劇場に向ったのである。

放水で背景が打ち抜かれ、水浸しの舞台には、まだ所々から、白煙が燻《くすぶ》りあがつている。しかし、そのオテロが道助かどうかと云うことは、こうも焼け爛れた死体では、到底判別がつかなかった。僅かに、ばさばさした髪が顳顬《こめかみ》にへばりついていて、眼窩は、その形なりに灰色の骨を覗かせている。

「閣下、まだまだお嘆きになるのは、早計だと存じますが、私などは、却って猫室の方が、真実ではないかと思いまするくらいで……」

途方もない、二人道助と云う疑題にぶつかって、さすがの上念もハタと行き詰まってしまった。猫室のが、真実道助だとすれば、いま此処に、焼け爛れている死体の男は、誰か。また、もしそうでないとすれば、道助に扮し、猫室に現われたのは何者か。——と渦巻き返す悪夢のような霧が、歌劇場《オペラ》の惨劇の、本体を覆い隠してしまったのである。しかし、後嗣を失い、これほどの衝撃をうけたにも拘らず、十八郎には、抑揚さえも変らなかった。

「そうかな。だが、そうにしても、なぜ換玉を使わねばならなかったか——理由が判らん。あれに、そんな秘密っぽい性格はないよ。ああ、法水君じゃないか」

誰か入って来る気配に振り向くと、蒼ざめた、法水の死人のような顔が見えた。

両手をだらりと垂れて後見席《プロムプター・ボックス》に寄りかかった姿は、なにか絶望的な醜悪なものさえ感じさせた。

「瀬高君、僕が殺したんだ。道助だろうが、誰だろうが、殺したのは僕だ」

「なに、君が……」

さきの惨劇には、睫毛一つ動かさなかった十八郎も、これには流石《さすが》顔色を変えた。上念も、パチパチ眩しそうに瞬《また》いていたが、

「止めてくれ、空々しいじゃないか。それも、瀬高家の不幸を嗤いたいのなら、別だがね」

「そうか、君にも、僕の言葉がそんなに信じられんのか」

法水は呆れたように呟いたが、いつか、上念を助けたことのある、可狄《かてき》の陸橋が憶い出されて来た。

「オイ上念、君は、鋳型に嵌まったような、茂木根の番犬だ。その男が、些細な恩義を根にもって、敵の手を舐める。いかん。僕はまったくの過失だが……」

「そうか、何度も過失と云うが、実際そうなのかね」

その一言に、十八郎の気色が俄然色めき出した。そして、上念とひそひそ耳打ちをはじめたとき、一人の機関員が、面に狼狽の色を泛べながら入って来た。

「首領、誰がどう、嗅ぎ付けやがったか知らねえが、いま封筒に仕掛けた、爨薬《ごうやく》が爆

発したんです。いや、音だけで、別にどうってことはありませんでしたがね。だが、誰かこの辺に、あの検閲所の所在を知っている奴がいるんです」

と、その男の視線を真正面に浴びたとき、あまりの意外さに、彼は口を空けたまま立ち竦んでしまったのである。意外にも、秘密機関室は歌劇場《オペラ》でなかった……。皮肉と云おうか、何と云おうか、明らかに、これは自分の独り茶番である。自分で浅墓な先き走りをし、自分で穽を作り、しかも好んで事実なかった罪を叫び立てたことが悔いられた。しかし、すべては止めることの出来ない、砲弾のようになってしまったのである。

「し、しまった。茂木根の秘密郵便検閲室《シークレット・デスパッチ》は、此処ではなかったのだ。何処だろう？　それにしてもオテロの死因があの手紙にないのだとすると、突然顔をくるんで、燃えあがった怪火の真因は、何だろうか？」

と、痛恨と絶望に、彼は、血の退《ひ》く思いで呟《つぶや》いていたのであった。その時……書割の蔭に、白い仄《ほの》かなものが、すうっと泛び上ったかと思われると、いきなり、一本の短剣が死体の腹の上に飛んだ。表情も、何もない波江の顔が、磁器で作った像のように現われたのである。その顔は、頸筋の血管が透いて見えるほど血の気がなかった。

「お父さま、私が殺しましたの。道助を、後見席《プロムプター・ボックス》の中から、この短剣で刺しましたの」

途端に、舞台のうえが、しいんと鎮まり返った。息を窒《つ》める重苦しいものが、欠け残った脚光のうえを漂いはじめた。

「なに、お前だと……フウム」

この時ばかりは、十八郎の呼吸《いき》付きが変り、動揺を抑えることが出来なかった。が、溢れていた憎しみが、やがて和らいでくると、今度は驚異に充ち、娘と死体を見比べはじめたのである。

（死体は、疑えば際限のないほど、無数の突き傷らしいもので充されている。そこへ、はだかった腸のうえへ、短剣を投げ、さも血塗っていたかの体を、真《まこと》しやかに見せようとするのだ。こんな手練をいつ覚えたのか……）

しかし法水は、この波江の犠牲が、耐えられないように叫びたてた。

「瀬高君、信じてはならん。波江さんは、僕を庇《かば》おうとして……」

「いいえ、お父さま、法水さんこそ、御自分を犠牲にしてまで、私を救おうとなさったのです。私、この衣裳を着るとき、短剣を隠して置いたのですわ」

女としての、すべてを捧げ尽したとき――その悦びを、波江は、静かに恍《うっ》とりと味わっていた。眼に涙を溜めているが、顔には悲しげな色が見られなかった。

いつか、法水の救いを待つかのように……。それを、彼も知って、甘んじて、波江の犠牲に従ったのである。

しかし、歌劇場《オペラ》の死体は何者であったか――それが道助か、余人であるかと云うことは、その十数日後にも、依然分らなかった。

そうして、波江を想い、寂寥と懐疑に鎖《とざ》された、悶々の日を送っているうちに、ふと秘密機関の所在が、何処であるか知ることが出来た。

それまでは、D・L・Oの三字に、あまり拘泥し過ぎた結果、全体が、電信符号《モールス》の換字なのに気が付かなかった。

つまり、T・Tと、線《ダツシュ》一つ続けたものがMであるから、その筆法で、六字がMeitioとなるのである。

鳴鳥の里――実に瀬高の邸が、郵便検閲室《シークレット・デスパッチ》のある、秘密機関の本拠なのであった。

「マア、今夜お出でになりますの」

いよいよ決行と聴くと、種子は、危むような眼付をして云った。

「第一、何処にマチルデがいるか、御存知ないじゃありませんの。あんな広い中をぐるぐる廻っていたって、そのうち、どんな危険がないとも限りませんわ」

「いや、それには、充分確信があります。今度こそは、万が一にも、し損じる懸念はないと思うのです。実は種子さん、マチルデの所在を、ひとり嗅ぎ出してくれる男がいるのですよ」

彼のほかには、一人の協力者もないに拘わらず、法水は、この不思議な言葉を口にした。

日も照らず、風もなく、じめじめと暮れる、暗い夕であった。しかし、夜が更けると、月が出て、寄輪は、くっきりと桝目形に描き出された。

その頃法水は、瀬高の門前で、窺うように気配を計っていた。遂に輸贏《ゆえい》を争う最後の夜が来たのである。

本館を繞《めぐ》る砂濠が、怖ろしい流砂であることは、彼の胆を最初に冷したものであった。

見かけは、何の他奇もない、湿った砂であるけれど、一度足を入れると重みにつれて、ズブズブ涯しなく潜ってゆくのだ。その泥沼にも似た、酷烈な埋葬者が、むかしこの邸の前身、鎗打の砦を守っていたのであった。

法水は、樹立《こだち》の影を、注意深く選《よ》っては進んで行った。

ともすると、梢を滑って道を切る、光の縞が怖ろしかった。僅かなそよぎにも、はっと地上に伏し、見られたのではないかと、暗がりの方が不安になった。やがて裏口に着くと、彼の姿は吸い込まれるように消えてしまったのである。

建物のなかは、所々に、乾糧倉《ほしいぐら》のような大柱があって、一つの襞もなく、壁は氷のように規則的だった。

漠然とした、物の形が、みな怪しいもののように思われた。そのうち、黒壁を繞《めぐ》らした一画に出ると、ふと框にある、群猫の像が眼に止った。

「猫室だ。きっと愛猫家の球磨太郎が、鎗打砦を、乗取った後に作ったのだろう、此処だ、あの晩歌劇場《オペラ》を抜けた道助が、此処へ姿を現わしたのだ」

しかし、扉を押すと、鍵がなく、すうっと開かれた。向うの闇からは、かすかな黴の匂いが、ぷんと鼻を打ってくる。

此処だけが、冷々とした石積みの室だったのである。

すると正面に、殆んど等身の、画像が一つあるのに気が付いた。

「ハハア、これが先代か。相当な老人だが、これを見て、道助と間違える慌て者もあるまい。別に何処ぞと云って、外れる石もないようだし、二人道助は、いよいよもって奇怪だ」

彼は、謎の魅力に唆《そそ》られて、画像の背後まで調べたが、どこにも異状らしいところはなかった。すると、群猫の像が、この室にもう一つあるのに気が付いた。その方は、前のとはちがい、彩色が付いていて、眼色の金眼銀眼までがはっきりと見て取れる。雌雄の金眼銀眼が二匹。その下は、銀眼の一匹以外は悉く金眼であり、更に、その下にもう一群あって、それは交互に金眼銀眼となっていた。

像の、欠け損じた顔が、妙な仮面のようになっていて、見ていると、この闇、この室の荒涼さを語る、云いしれぬ鬼気が忍び寄ってくるのだ。しかし、それを見ているうちに、法水の眼が爛々と輝きはじめた。

「待てよ。牡猫に、三毛が現われるのは、稀有だと云うが、これはそうだ。それに、この金眼銀眼の配合が、何か一つの遺伝形質を暗示しているのではないか。あの遺文は、疑惑のうちに終わっているが、その後に球磨太郎は、何か瀬高の血に就いて、確証を摑んだのではないか」

と、悠久の歳月と共に、流れ朽ちゆこうとするこの群猫に、あるいは、文書以上の何ものかが記録されているのではないか。瀬高の血――それが、織之助の種か、俳優冠助かと、この群猫に、文書にも語られていない、永遠の謎が秘められているように感じた。

そうして、金眼を見、銀眼を見ては、しばらく、渡る暗い虹に酔いしれていたが、その時、廊下を通る重たげな跫音がした。

三、鉄の仮面を剝ぐ

その十八郎の影を、忍びやかに蹤《つ》けてゆくと、やがて間近の暗い一室に入った。法水は、戸の環を抑えるように開け、眼を暗がりの中に辷《すべ》り入れたのであった。そこには、灯影を揺がせて一本の蠟燭が、世にも不思議な光景を照し出していた。

彼は蒔絵の長筒から、二枚の紙片を取り出して、それをまじまじと瞶めるように眺めはじめたのであった。

「結局は、空疎じゃ。やはり反古《ほご》同然のものかな。もしこれにあの遺文と同様の価値があれば、老夫人が、こうも容易く、捜し出せる場所に置く気遣いはあるまい。だが、マチルデは、あの通り口を切らんのだし……」

十八郎の嘆息が、ゆらゆらと、灯影に揺れ壁にまつわって踊る。老夫人の死期が、いまや目睫《もくしょう》の間に迫って、彼も焦り抜き踠《もが》き抜いて、探し求めているものがあった。やがて、旧の場所に収めて、十八郎は力なげに去って行った。

法水は、跫音の消えるのを待って、取り出してみたが、偶然それは、球磨太郎の情炎を記した一文であった。

その後、文化元年の地震によって、崩壊したけれども、寄輪、鎗打の両城に、地中をつなぐ窟《いわや》の道があった。

余は一日、古い地図を標《しる》べに、その間道を辿り行ったのである。が、臆せず洞壁を伝わって歩み行くうちにも、ともすれば滴《しず》くに松火が燻《くすぶ》り、咽喉を塞がれそうな、硫黄孔の噴気に包まれることがあった。周囲は、湿《しっ》けた黝《くろず》んだ岩に囲まれ、ちりばえた鉱気が星空のように輝いて見える。

そうして、その地行は、いつ終るか涯しなく見えたのであるが、ようやく錆び朽ちた鉄扉に衝き当ることが出来た。

開くや余は、不思議な薄明のなかで、緑の陽炎がたぎり上るのを見た。かくて、余は鎗打の城内に出、苔蒸した、井戸の底近い端れに抜け出ることが出来たのである。下を覗くと、黒い鏡のような水面が見え、水滴の音も、洞の中の不思議な柔かさを持っていた。ああ、何たる静寂ぞ。

やがて、井戸の吐く、冷たい吐息に身を慄わせながら、此処を余は、緑の隠れ家と名付けたのである。

しかし間もなく、底の鏡に映る、女の影を認めたのであった。釣瓶が上って、余は水の静まるのを待っていた。やがて、緩やかになり、消えゆくにつれて、波紋の中から美しい女の顔が現われた。

金色の、燃え立つような金髪が、ぞっと余の眼を撫でて、かねて弟の側妾《そばめ》と聴く、ヨハンナ・ローテルリンゲンを見たのであった。

余には釣瓶が落ちて、そのにこやかな笑いが、消されてしまうのは耐えられなかった。その日から、余は異様な情感を味わい、身も心も、静かな波紋にまかせ漂うことになった。

二人は、互いに見合い、面を重ねている。しかし、物を云われぬと云うのは、耐えられぬことではないか。

かくて余は、一日として、動かぬ水の愛撫を、忘れることがなかったのである。小波に、女の顔が千切れ千切れに見えるとき、余は、水を切り、立ち上る腰を思った。陽に、全身の生毛が、金色に燃え立ち、髪よりも濃い、紅い斑を思うと口が乾くのであった。が、やがては波紋に戯れる、この身が味気なくなって、余は一つの恐ろしい考えに囚われた。

その後間もなく、夜な夜な余の姿が、ヨハンナの寝室に現われると伝えられ、弟は、余に激越な抗議を寄せたのであった。

しかし、余には、露ほど覚えもない事で、屢々《しばしば》その室を、垣間見たことはあったけれど、室に入り彼女を脅かしたとは、誹《そし》るにもあまりに痴《ほう》けた言葉である。

かくて余は、ヨハンナを獲るために、且《かつ》は、弟の攻撃を未然に防ぐべく、鎗打砦の攻略を思い立ったのであった。

そうして、最後に添え書きがあって、その後窟道を探った事実が附記されていた。しかしそれは、すでに跡もなく崩壊し、両城の地行が、いまや全く不可能な旨が記されてあった。

読み終っても暫らくは球磨太郎の情炎に、幻を払いのけることが出来なかった。

「これじゃ、十八郎の、落胆も無理はないが、此方《こっち》にとりゃ、なお一層大きな失望だ。

これで、この邸と望楼とのあいだに、間道のないことが分った。だが、ミミー、今夜は君に働いて貰う番だぞ」

と云い、持った包みを解くと、そろりと下りて背を丸くした、一匹のアンゴラ猫。マチルデが、妙な迷信で、纈草《かのこそう》の根を持っているので、彼は、猫の尿に似た香りを嗅ぎ分けさせようとしたのである。それから猫の跡を蹤《つ》けて、夜の廊下を忍びやかに歩きはじめたのであった。

やがて、大きな鉄扉の前に出ると、猫は爪を立てて、ガリガリっと引っ搔いた。いよいよ、扉一重の向うに、マチルデがいるのだ。

と、高鳴る胸を抑えて鍵を択《よ》り、肱で押しながら、鍵孔に突っ込んだときであった。いきなり、扉が、向うから開かれたのである。法水は、不意を突かれ、思わずタタラを踏んで室のなかに蹌《よろめ》き込んだ……。

「ああ、これはよくお出でなすった。実は、君、いま纈草を並べてね。君のお出でを、千秋の思いで待っていたんだ」

上念は、故意《わざ》とぎごちない、お辞儀をして云った。幾度か遁れ、また張られる穽に、法水はまんまと落ち込んでしまったのである。

裏切られた、今夜の行動を知るものは、種子以外にない。種子が……到底信ぜられぬことだ。自分を愛し、そして、裏切ることは、およそ、奇怪にもこの上ない心理ではないか。しかし、自失のあいだにも、上念の声が鞭打つように、聴えてくる。

「御紹介しよう。此処が、君の捜して止まなかった、秘密検閲室なんだ。見給え。彼処には陰顕インクの、顕出装置がある。それから、このカード函は、暗号の度数《フリクエンシー》表《テーブル》なんだ。しかし今夜は、いつかの可狄の、お礼をしたいと思うのだよ。いや、させて貰う……」

そう云って上念は、蜘蛛のような、毛だらけな手で側《かた》わらの釦《ボタン》を押した。間もなく、機関員を従えて、十八郎が悠然と現われたのである。

「瀬高君、波江はどうしたね？」

法水はすっかり冷静になり、むしろ親しげに問いかけたのであった。

「気の毒だが、君の手には及ばんところにいる。しかし、君の行く監置所とは、ちと違うでな」

「ですが閣下」

上念は、幾分不安げに云った。

「今夜も空弾では、ちと……」

「いや上念、今夜はこの男に、怖ろしい烙印を押してやるのだ。死ぬか、一生この儂に、鎖を持たれるかだ……」

十八郎の声に、曾ってない異様な響がこもり、それから、こそこそと耳打ちをはじめたのであった。烙印とは——法水も唯ならぬ気配を感じて、一生この男に、鎖を持たれるとは何事かと惑いはじめた。やがて、明け方近く、月が沈んで、ただもう彼の眼前には、暗い深淵しかなくなってしまった。

すると間もなく、隣室でがやがや騒ぐ、人声がしたかと思うと、一人の機関員が手取り足取り連れ出されて来た。

「閣下、この者は、光栄だと申して居ります。籤《くじ》を当てたとき、閣下の万歳を唱えましたほどで……」

上念は、美辞麗句たっぷりに、十八郎の顔を、ほくそ笑みつつ窺うのだった。しかし、若いその男には血の気がなく、総身が、恐怖で鞭縄のように顫えている。

十八郎は、法水とその男の顔を、等分に見比べていたが、

「では、法水君。名射手として名高い、君の腕前を拝見するかね。君には、一発の弾丸、この男には、五発の弾丸を与える。つまり、最初君が射って、当らなければ、次に、この男の五発のうち、いずれかで斃《たお》されるんだ。分ったね、それとも、殺人者の烙印を額に捺されるかだ」

法水は、容易に驚く男ではなかったが、流石《さすが》これにには、おののく動乱を抑え付けることが出来なかった。殺人者か、死か——いずれを選ぶにしても、前途が、悲惨な暗黒であるには変りないのであった。

それから、その男の亢奮を鎮めるべく、別室に連れ去ってしまうと、あとは、彼がひとり室に残された。ぼんやりと顎に甲をかい、彼は、柱や框に、絞首台の木組を描いていたのである。

そうして遂に、暁が死のような静けさで、訪れて来た。その機関員は覆面をされ、法水と対峙する、向う側の壁に立たされた。

しかし、勝敗は、行わずして明かである。

法水の持つ一発が、恐らく相手の銃口に、口を利かせることはないであろう。しばらく二人は、相手の異様な形相を、じっと見守るのみだった。眼を据えて、ぼんやりと、白みはじめた薄闇のなかに泛び上っている。

すると、法水の手が、突如上ったかと思うと、銃口が上を向き、弾丸は轟然と反響して、天井に発射されたのである。

「き、君は……」

十八郎は、茫然と、ただ曳きずられるように喘いだ。

それを、上念が小気味よげにかい見やって、

「閣下、今度こそは、空弾ではありませんぞ。腕はなくても、五発あれば一つくらいは……。ハハハハハ」

法水は、ちらりと上念を見たが、何も云わなかった。死ぬ、死んでゆくと云う考え

が、いまは彼を恍惚とさせている。

あの麦畑から寄輪へ下りた道は、つまり、此処へ連れ来られるがためだった。そうと分っていたら、いっそ急ぐだったろうに。しかし、この室の空気は、波江の呼吸に通っている。こんな悦びが、いま死を前にした、苦痛のなかにあろうとは思われなかった。

「おい瀬下《せしも》」

とその男の名を呼んで、上念は、知らず知らずに綻《ほころ》んでくる、微笑を抑えることが出来なかった。

「急《せ》くな。拳銃を悠《ゆ》っくりあげて、此奴の苦痛を増してやれ。味わうんだ。いいか、味わうんだぞ」

秘密機関と云う、悪法の権化《ごんげ》上念は、陸橋でうけた、法水の厚意を礫《つぶて》で返そうとするのだ。眼が爛々と燃え、仇敵の苦痛に味わう快感が、いつもの百倍にもまして感ぜられた。そして、今や遅しと、引金の引かれるのを待っていたのである。

やがて、瀬下の腕があがり、やきもきしていた一同は、唾をぐいと呑んで鎮まり返った。所が、意外にも、弾丸は同じく天井に飛んで、シャンデリヤが、パリンと砕けた。

硝煙の匂い、閃光の強烈さ、重いシャンデリヤが落ちて、あがる悲鳴――。それらは、悉く闇のなかで行われた。押し合いへし合い、床を踏む音、倒れる響き、その狂喚の下をかい潜って、法水は廊下に遁れ出たのである。

そのとき、柘榴《ざくろ》のように割れた、一人の頭蓋に触れたような気がした。踵の下で、何とも嫌なグニャリとしたものを踏んだとき、

「アッ、首領《かしら》の頭が……」

と、突如あがる叫びに、上念の急死を知ったのであった。

しかし彼にとると、シャンデリヤが落ち、上念の頭蓋を割ったと云うことよりも、彼に発砲せず、この危機を救ってくれた瀬下と云う男――いや、瀬下ではなく、隠れた、覆面の下の真実の顔に、彼は溜《たま》らず惹かれていくのだった。

が、そうして、罵り騒ぐ声を背後に、出口を彼方此方《あっちこっち》と、捜し求めていたときであった。不運にも彼の姿が秘密機関員の前に曝け出された。

ちょうど、猫室の前を過ぎて、窓際にさしかかったとき、背後から、囂然たる射撃をうけたのである。

と、窓硝子を欠き割って、月の女神《ディアナ》の像と共に、彼は筋斗《もんどり》打って、砂濠のなかに墜落した……。

底を見せた二つの靴が、砂を細やかに揺がせながら、深みへと潜ってゆく……。あ

あ読者諸君よ。法水は、流砂のなかに踠《もが》き悶えて、埋もれてしまったのである。

そうして、すべてが沈黙に返った。

ただ、冴えた早暁の月の下で、鈍い、巨人を呑んだ砂音だけが聴える。

かくて、死闘の末に敗れ、法水はこの世を去ってしまったのである。翌朝の新聞には、泥酔の揚句、彷徨《さまよ》い込んだ法水が、流砂に墜ち込んだと云う記事が掲げられた。大きな標題で、あらゆる新聞が、弔鐘をつくかのように巨人の死を悼んだのである。

死んだ、死んだ――敵も味方も、空虚な頭のなかでその言葉のみを見詰めていた。

そうして、十日と経ち二十日と迫って、ようやく、彼の噂が口の端から消えゆこうとする頃、いよいよマチルデが望楼に送られることになった。

雪片が、チラチラと舞って、鋪石にひしゃげる日――。望楼を望む小丘の上に、一台の車が停った。そして、登江が一人の護衛と、鉄の仮面をつけたマチルデと降り立った。西の空に、わずか補綴を当てたような、残光が漂っていて、枯れ尽した丘、泥沼の葦は悉く埋れて、見るも暗灰一色の荒涼たる風景であった。

「御存知、法水さんがお歿《な》くなりになったこと……」

瀬高家での禁錮中、食事を運んでいた登江は、いつかこのマチルデに、憐憫を覚えるようになった。

「ええ」

マチルデは、かすれた聴き取れぬような声で云った。

あの、安宿から秘密機関の手に移ると——それと同時に、恐らくは仮面の重圧であろうか、あの燥《かわ》き切った性格が、がらりと変ってしまった。

やがて、索道を護る小屋まで来ると、

「では、マチルデさん、健《たっ》しゃにお暮しになってね。考えようだわよ。私たちだって、そんなに幸せではないんですもの。でも、なんだか私、よくは分らないんだけれど、貴女、すぐにも、望楼から出られそうじゃないの。ねえ、考えてよ、よく考えて、心が決まったら、私にそう云って頂戴」

しかし、マチルデの眼は、望楼に飛んでいて、青味がかった霧の渦巻く、泥沼を怖れるように見えた。

そうして、一人は索条に、一人は丘の上に、二人の間が次第に遠くなって往くのであった。

望楼の裾は、一層建物を薄暗くするような、城壁で取り囲まれていた。それに、鉄板を張った二枚扉があって、奥が、瘦せた樹の植わった、小さな広場になっていた。

しかし、脱走など、思いもよらぬこの塔にも、ところどころ、眼のような小窓が明いていて、そこにはまた、御丁寧にも鉄格子が植え付けられてある。マチルデは、番人に引かれ、くねくねと蜿《うね》くる石の階段を上って行った。

「オイ路馬助、いよいよ来たぜ、お前の花嫁御寮、御着来なんだ。生憎《あいに》くと、この綿帽子には、歯も立つめえがね。ハハハハ文句は云えめえと思うよ。お前の身分で、こんな得手物を当がわれちゃ、閣下のお情けがずうんと身に沁みるだろう」

番の老人が、野鄙な口調で、覗き窓から声を投げた。

そして、大きな旗飾りのついた、鍵の束をガチャガチャさせる。

たぎり落ちる霧が、濛々と吹き入って、内部は暮れもせぬのに、灯りが点されていた。

「よう姐さん、入って温ためてやんな。儂《わし》でせえ、生れて以来、指折るくれえの雪だ。サア、もうどうにもなるもんじゃねえよ。オイ、入れったら……」

マチルデは、腰を突かれて、よろよろと蹌《よろ》めき込んだ。二人の鉄仮面――同じ悲運の二人は、そうして永いこと、闇のなかに立ち尽していた。

一人は戦《おのの》き、一人は、意外な闖入者に驚きの眼を瞠《みは》って、二人はいつまで、この辛抱強い沈黙を守り続けるかと思われた。

すると、いきなり路馬助の総身が、異様に波打って来て、腕を伸ばし、マチルデの頸をぐいと抱えた。男の吐く、炎のような呼吸が髪に吹きかかって、いまは夢中で、女の仮面を剝ぎ取ろうとする。

所が、外れる道理のない仮面が、どうしたことか、スッポと抜けた。

「アッ、君は誰だ……」

路馬助は、色を失い、仮面を手にしたまま、背後の壁に蹌めき倒れたのである。

第五篇　仮面を覆う鉄の仮面

一、猫室の人影

路馬助の両手をつなぐ、鎖がガチャガチャともつれ合って、抱きすくめ、胸に押し当てたマチルデの仮面を、グイと押し上げたときであった。

どうしたことか、外れる道理のない仮面がスッポリと抜けて、路馬助は、色を失い、背後の壁に蹌《よろ》めき倒れたのである。

「き、君、君は誰だ。お、女になんぞ化けて……」

その首だけを、女の衣裳のうえにヌウと据えている一人の男を、あるいは自分の想像が、作りだした幽霊ではないかと疑った。

しかし、間もなくその男は、口を利いたのであった。顔には微笑もあり、唇には、一本の指が注意深く縦に当てがわれていた。

「わざわざ、貴方に会いに来るなんて、そんな男が、この世にいようとは思わなかったでしょうね」

人参色の仮髪《かつら》が、唇の辺まで摺れ落ちていて、頭の頂辺には、黒い房々とした毛が露《む》き出しにされていた。

しかし、落ちていた仮面を拾って、ふたたび附けようとしたとき、わずかではあったが、路馬助の眼を掠めて、眉穹の辺りが現われた。細い、典雅な鼻筋が、薄暗のなかで、海月《くらげ》のように光って見えた。

しかし、それもホンの束の間で、すぐせり上ってくる、仮面に覆われてしまったのである。

「ハハア、やはり貴方には、僕が信ぜられないのですね。では、どうです、これは……六足に八足半というやつ……。貴方は十八年のあいだ、日課のようにして、ただこの監房の大きさを計ってばかりいた。もしそれをしないと、貴方の身体が、土左衛門みたいに浮腫《ふくれ》てくるんです。ねえ蓮蔵さん、僕はそこまで知っているのですよ」

「で、ですが、一体君は誰なんです?」

路馬助は、頤《おとがい》を引いて注意深そうに訊ねた。その男が、時折馴れぬ息苦しさから、仮面を動かすのであるが、そうした折にはチラリと覗かせて、肌は光りもせぬ、薄気味悪い白地であった。しかも、声は若々しく、美々しい膨らみさえも帯びていて、番人を憚《はば》かり、囁かれる独逸語にも、韻律《リズム》と、鍛錬を経たらしい正確な発声とがあった。

「なに、何者ですって？　この僕が、誰だろうが、一向に構わないじゃありませんか。いや、誰にも頼まれやしません。しかし、ただ一つ御承知置き願いたいのは、僕は茂木根と云う、いや瀬高の悪業を金輪際洗い流してしまいたいのです。ねえ路馬助さん、御存知かどうかは知りませんが、この寄輪に、いま貴方の夫人種子さんがお出でになっているのですよ。種子……ああ、そんなとぼけた顔をして、まだ、この僕が信ぜられんのですね」

記憶を喪ったのか、それとも、意外な名に脳力が乱れてしまったものか、路馬助は、依然変らぬ曇った眼で、相手をキョトンと見上げている。

「いいか、僕をはっきり見ているんですよ。貴方は、いま此処で救われる。そして夫人の胸に十八年振りで帰るのです」

そう云って、路馬助の瞳をじっと覗き込んだ。しかし、明らかに錯乱の兆が現われて、瞳孔は洞のように拡がっているのだ。

「わしには、ひとり弟があった。貴方が、その弟ではあるまいな。妻はない。種子などと云う女は、わしは知らぬ」

十九年の禁錮が、路馬助を妻から引離してしまったばかりでなく、その脳裡から、過去の持つ幻影のすべてが消え去っているのだ。

それは、青春の幽霊、自由の幽霊である。

いつか釈放されるかと、心待ちに待っている間に、真の路馬助は死に、残ったものは、ただ此処にいる、ひとりの陰鬱な影法師に過ぎないのである。

そうして、暫くのあいだ、路馬助の仮面にひしゃげる雪片を瞶めていたが、突然男の口から、あます希望を吐き尽してしまうかのような呼吸が洩れた。

「ハハア貴方は、僕が助けると云ったのを、軽蔑して居られるのですね。しかし、種子と云う名の、記憶がないとは云わせませんよ。貴方と十八年まえ、維納《ウイン》で別れた……」

その時、望楼の頂きに、飇《ひょう》と旋風《つむじ》を巻き吹き下す風の音がすると、いきなり路馬助の声に震えが加わって来た。

「なるほど、貴方はあれを憶い出せと云うのですね。わしは維納《ウイン》で、一時デブラーホッフの、衛戍刑務所にいたことがありました。ちょうどその当時は、例のレムベルグの敗戦があった頃でね。護送馬車が、逃亡兵を荷物のように積んで、雪の上をしんしんとやって来るのでした。その音……まだわしは憶えていています」

路馬助は、変った呼吸付きで、ぜいぜいと咽喉《のど》を鳴らし、過去の断片を想い起そうと努めているかに見えた。

が、記憶の糸は完全に断たれて、それなり、はじけた泡のように消えてしまったのである。

「ですが。わしは、ほんとうに助かるんでしょうかね。いま、貴方は助けてやると仰言った。だがどこをどう捉まえて、一体どんな逃路《にげみち》が、この儂に与えられていると云うのです？　いかにも、以前はそれらしいものがありました、しかし、今は……」

と路馬助が、仮面を寄せて何事か囁《ささや》くと、突然その男は凍り付いたように固くなってしまった。激しい呼吸が、かぶせ合うように吐かれるなかで、路馬助は、紙鳶《たこ》のような恰好をして再び嗤《わら》いこけるのであった。

いまは光明に、望みとてもない彼にとっては、女を見た瞬間の歓喜から、転じた失望のほうが強かったのである。

「可哀想になあ、お若いお方。貴方は、お年だけに思慮が足らず、とんだ錯覚を起されたのだ、有頂天になって夢心地に陥ちて、ついフラフラと、この塔に迷い込んでお出でになった、これで、わしが救われれば、貴方の俠名一世に高しじゃろうが、どっこいそうは往かぬ。もう入ったら最後、貴方もわし同然の俘虜じゃ。ハハハハ、今夜から、この室は独房ではなくなりましたぞ、だが寝台の一緒だけは、御免蒙りましょうよ。貴方には、そこに寝藁があるでな」

路馬助に囁かれるまでは、ともかく、漲る力に充ち充ちていたその男も、いまはぐったりと、窓の框《かまち》に顎をかい、そのまま動かなくなってしまった。

ある何事か、運命的な錯誤のために、自分から女装をしてまで、望楼に入り込み永獄の囚人となってしまったのである。

そして、その男の絶望は、夜と共に呑まれなくなってしまった。周囲は、底知れぬ泥沼である。時折、合間を隔てて、虚空にヒュウと風の軋る音がすると、一端は泥沼をかすめ、ふたたび舞いあがる雪片に、視野は次第に暗く鎖されてゆくのだった。

しかし、その男の正体は何者か、また、光明から、絶望のどん底に突き落した路馬助の囁きと云うのは何か。此処で作者は、読者諸君に悩ましい疑題を投じたまま、舞台を明るい寄輪の街に廻さなければならない。

しかし、この物語の迷濛錯綜としたなかに、もう一人、いや二人、正体を失った異様な人物がいる筈である。

それは云うまでもなく、一人は瀬下と云う秘密機関員であって、法水と生死を争う、決闘の籤《くじ》に当って、一度は別室に退いたのであった。所が、再び現われるや、意外にも銃口をシャンデリヤに向け破壊したばかりでなく、上念を殺し、法水に危地を脱せしめたあの男がそれである。

しかも、生死はもちろん、模糊として行衛が知れずとなってしまったのであった。

してみると、一度別室に退いたのを機に、彼は遁れ去ったのであるまいか。しかも、その後に、法水と銃火を交わしたのは全くの別人であって、そこに謎とし、いずれは埋められねばならぬ空欄が設けられたのではないか。と、白々としたその一行の欄に、否が応でも、道助の登場を許さねばならなくなって来るのだ。

祝典オペラ《フエスト・オーパー》に、持役の女形エミリヤを捨ててオテロと扮《かわ》り、しかも終幕近いころ、自邸の猫室に姿をこっそりと現わした彼――。それが、間もなく正体の謎と共に、オテロは、無残な焼死を遂げてしまったのであった。もちろん、彼の姿はそれなり現われず、しかも、消えた瀬下の後には、一行の空欄が残されているではないか。と云って、また反面には、よもや女にも、みまほしい中性的な道助がと思うのである。けれども、元来が自由主義者、理想主義者である彼には、一つの理想に対して勇敢に戦う性癖があった。

義父十八郎の鉄の決断、ますます膨れてゆく茂木根の富――とあれを見これを思うにつけ、彼は、不義にして富むことに耐えられなくなったのではあるまいか。

こうして、読者諸君は終局までも、この影のような、風のような幽霊に、悩まされねばならぬのである。

所が、望楼に、ひとり新しい囚人が殖えた頃であった、瀬高一家を吹きまくるあの旋風が、ちょうどその頃、一つの悲劇を生み出していたのである。

マチルデを望楼に送って、家の閾《しきい》を跨いだとき、邸内は、何かざわざわとした、慌ただしい気配に充されていた。

突嗟《とつさ》に登江は、耐らなく不安になったけれど、きっとこれは、得江子夫人の容態が

変ったのではないかと思った。しかし、訊かれた看護婦は、しばらく話してよいか悪いか、戸惑っているらしかったが、

「ええ、そうなので御座いますよ。今日は、はじめてお脈の結滞がありましてね。いいえ、只今はもう、意識がお戻りで御座いますけど……。それよりも登江さま……つい先ほど……波江さまが……毒をお嚥《の》みになって」

「えっ、毒を、では、波江が自殺したと云うの。それから、どうして……。ねえ、どうしたって云うのよ。死んだって云うの。波江が死んだって云うの」

「いいえ、どうやらこうやら、一命はお取り留めの御様子ですけど、何しろ、量を過した吐血も御座いましたしねえ。それに、唯今のところ、面会はかたく禁ぜられて居りますの」

波江が自殺を計った、自殺を――と、登江の頭のなかは、しばらく吹き荒《すさ》む風のようなものが聴えるばかりであった。

脚を運ぶ気力もなく、僅かに残光の漂う地平のあたりを見詰めていた。そのうち、ひらひらと頬に当る雪片に気が付いて、あの時もし「月宮殿《ルナ・パーク》」で、波江の決意をさとっていたらなあと悔まれるのであった。

法水の死が確実となって、波江の禁足が解かれたのは、つい三日まえの話だった。流石《さすが》に、波江は登江と一緒に、曾《か》つて法水と過した、想い出の地を彷徨ったのである。

例の安宿にだけは足を向けなかったけれど、施戸《せど》の牧場に着いて、枯れた猫柳や、二人が愛の夢を夢見ていた草の窪地などを覚えていた。

小川を跳び越えるのに乗った石にも、ちょっとした起伏にも、一々甘い味と、愛の言葉を蘇えらせるものがあった。

「あれよ。御覧になってね、登江。あの堰の前の、黒くこんもりしたところ、そう、あの草叢なの」

と、とろっと呼び醒ました折角の憶い出も、暗く悲しい、未来を思うと消えゆくよりほかにないのだった。

それから、二人は久かた振りで、お城公園にある、「月宮殿《ルナ・パーク》」へ行った。紅い廻転飛行塔《マリーランド・ダヴイガッシヨン》、お化屋敷《バンシヨン・ドウロール》の真黒な屋根、子供たちは塊りのようになって、子供機関車《トーイ・ロコモテイヴ》の札売場に集まっている。

所が、二人の乗った「愛の星《リーベス・シユテルネ》」——それは、古風の手廻し観覧車なのであるが、偶然それに、種子が乗っているのに気が附いた。

種子は、もう法水の想い出しかなくなってしまったので、出来ることなら、職を探して寄輪に止まりたいと云った。

「でも、どこかにまだ、あの方が生きていそうな気がしてなりませんのよ。ですけど、砂のうえに残った靴は、たしかにあの方のですしね……」

車が高く上ると、指で描いたような波頭が現われ、その手前に、「西風《ヴェスト》」号の帆が赭く残陽に染っていた。

野辺は波打ち、森は黙って揺り動めいて、この、童話の世界にある古風な観覧車のうえで、三人は止め度なく揺られていた。

登江も、そっと吐息をついて、

「ほんとうに、まだあの方が死んだとは思えませんわ。どんな事があっても、決して生命を落すような、あの方なもんですか。でも、私、マチルデから聴きますと……。ええ、そこは地下の窟になって居りましてね。流砂に向いたほうの側は、厚い硝子なんですが、ちょうどその頃、硝子を掻きむしるようにして、下へと沈んで行った男の掌があったとか云いますのよ」

観覧車は、こうした会話を載せて、休みもせずコトリコトリと廻り続けていた。しかし、波江にとると、それは焼け尽した灰のような、悲しい断定であった。それまでは、難破船の帰来を待つ漁港の女のように、巌頭に立って、いつか帰るかも知れぬと、帆影を夢みていたのである。しかし今は、それが傷ましい位牌の幻影となったではないか。

行こう、行こう、それが私には、一ばんいいのだ――。

彼女が、法水の跡を追って、この世を去ろうとする決意が、この時こうして固く築かれて往ったのである。

「マア、私たちと云い、この家と云い、まるで嵐のようだわ」

やがて追想よりも、登江の胸を、云いしれぬ寂しさが訪れて来た。登江は、暗い救いのないこの一家の中に、ただ一人ぽつねんと取り残されてしまったのである——氷雨のあった後に、枯葉が落ち、そしていまは、そのうえを粉雪が覆ってゆくのだ。

しかし、瀬高の一家を襲う暗い運命よりも、そのとき、大空に噴射のような光が現われた。と見る見る、日本を覆いつくす茂木根と云う雲が揺ぎはじめて、独占を呪う、輿論の嵐が寄輪に吹き掛って来た。

「お父さま、なぜお父さまは、可哀そうな波江を見に行ってやりませんの」

登江の口に、出かかったその言葉も、いざ十八郎を見ると、云い得なくなってしまうのだった。いつも、牽き付けられるようで、それで圧迫する力があり、いかなる饒舌家も、彼の前では沈黙せざるを得なくなってしまうのだ。

しかし十八郎は、そのとき馬上《まがみ》と云う、上念に次ぐ秘密機関長と密語を交していた。

「先ほど、閣下に露台演説を煩わしまして、市民も幾らかは、鎮静したように思われまするが……」

この馬上と云う男は、鈍重そのもののようで、いかにも「黒牛」と云う異名が似つかわしいのであった。

もちろん、上念ほどの酷烈さはないが、陋劣さにかけては、一枚彼を凌ぐ危険な性格を持っているのだ。

しかし、その、露台演説とは、また、市民の激憤とは……。此処で作者は、夜に入って寄輪を襲った擾乱のことを記さねばならない。

それは、突然と云うよりも、むしろ醞釀《うんじょう》されて往ったもので、帝都の黒疫《ペスト》、ファン・ワルドウ号の撃沈と──飽くことない、十八郎の暴逆を暴き出した者があったからだ。しかし、惜しいかな証拠を欠いているのであるが、もちろん充分に輿論を煽り得るものであった。利益制限、軍需工業強制管理と、ただでさえ、磅礴《ほうはく》と迫る民衆の声に加えて、これが容易ならぬ国際問題でもあり、殊に、茂木根の黄金に対する国民憎悪の念は熾烈だった。

けれども、十八郎と云う、この無法者には、政府もさすがに手の付けようもなかった。それに永年彼と錆び付いている台閣の一味もあって、もし此処に、輿論と云う硬骨な犬が跳び付かなかったならば、暫く──いや永遠に、この破天荒な、向う見ずな投機家に跳梁を許していたであろう。

実は、夜に入ると、すぐ入電があった。視察の名に隠れて査問を行うらしい、委員の西下が報ぜられたのである。

もちろん、その顔触れには、茂木根の毒汁を甜《な》め、いわゆる被傭者名簿に、麗々しく金モール姿を曝しているあの一味はなかった。こうして十八郎は、湧き返す国論を相手に、一戦を覚悟しなければならなくなった。けれども、国法と輿論が、果してこの巨像を打ち倒すかどうか、それとも、十八郎の精気、全能の金が勝って、再び阿諛《あゆ》追従者《ついしょうしゃ》を従え横行闊歩出来るか……。寄輪はこうして、曾つてなかったところの、異常な危機に臨んだのである。

しかも、この報は、寄輪全市に忽《たちま》ち鳴り響いた。市民の激憤が、街々から龍巻のように、どよめき上って来た。

飛び交う雪のなかで、十八郎への信頼を口々に叫び立て、熱した息もつまりそうな、集団となって流れはじめたのである。その不思議な亢奮、反抗の叫び、まさに生活を失わんとする、闘争と死への呼び声――。時には、唄のように合い、また乱れて、ごうごう滝津瀬のように鳴り響くのだった。

所が、奇体にも、十八郎の巨軀が露台に現われると、群集は、一、二度あげた歓呼の後でぴたりと鎮まってしまった。

十八郎には、たとえ相手が、百万であろうと容易に支配し、すぐ心酔の恍惚境に、誘い込む奇異な力があった。

実に、この男こそ、メデュサの首である。眼を見たら、必ず石とならずにはいない、メデュサの首である。

馬上は掌の汗を、絶えず拭いながら語り続けていた。

「きょうの諜報によりますと、最近もなお、閣下を誹謗する密告が続けられて居りますそうで……。いやたしかに、一人、暗中に躍動する人物が居りますぞ。しかし、法水は死んだのだし、まさかに道助さまが……」

「だが、そうとは限らんぞ」

十八郎は、瞼を閉じたまま、突き放すように云った。

「あれには、母方から受け継いだ、癇疾《こしつ》的な錯乱がある。いや、傾向と云うかな。しかし、時にはそれが、大袈裟な飛躍となって現われるのだ。だが、生きたものか、死んだものか……」

遠く群集のどよめきが、雪に隔てられて薄れてゆくのであったが、その時、馬上は頬をピリリと顫わせて、

「ですが閣下、閣下とても、幽霊と闘うことだけは出来ますまいが」

「フム、幽霊か……。道助、瀬下と、大分いるが、マチルデも、考えりゃその同類だからな。彼奴め、盗んだ癖に、あの文書を巧妙に蔽い隠してしもうた」

「いや、最近一度ならずですが、猫室に続く、例の石房ですな。あすこに、頻々と人影が現われるとか申します。所が閣下、入って見ますると、人影はおろか、虫一匹這

いずっては居りませんのです」

　猫室のなかには、石の扉、閂《かんぬき》を使って、外観上それとは分らぬ、石房への道があった。そこから苔蒸した階段が続いていて、尽きると、マチルデのいた陰湿な石房になるのであった。

　しかし十八郎は、はじめ猫室と聴いたとき、それをオペラの夜の、例の二人道助に結び付けては見たが、しかし石房となると、それには何も描けなくなってしまうのだった。

　周囲は、玄武岩の厚い石積で、間道もなく、入口は、巌丈な棒閂で鎖《とざ》されているのだ。

　もちろん、聴いた最初は、ちょっと瀬下と云う感じがしたけれど、たとえそれにしても、潜り抜ける微孔さえない、あの房ではないか。

「幻影だよ。馬上、嗤って、嗤い飛ばしてしまうんだ。しかし、気になるなら、好きにするがいいぞ。もちろんだ。やりたいだけの事は、存分やっても構わん」

　そこへ、得江子夫人の小康が報ぜられたが、それも、一瞬焔をあげる、消え際の果《は》敢《か》なさに過ぎなかった。

　マチルデが口を割らず、依然文書の行衛が迷濛たるときに、得江子夫人の重篤は、十八郎にとると焦《い》らだたしさの限りであった。しかし、文書によらぬ、もう一つの解決が、猫室の群猫の像に秘められているではないか。その瞬きを、一瞬感じたのみで、法水はあの世に旅立ってしまった。しかし何かの機会に十八郎があの群猫を仰ぎ見ることはないのか。

と、こうして、外力によらぬ茂木根の自壊も、はや刻々と近附きつつあったのである。

「見ろ馬上、大分積ったようだな。そうだ、マラッカは海霧《ガス》だった。漁堆島は嵐、そして今夜が雪か。まあ、よい。下って、休んでくれ」

寒気に叫ぶ孔雀の声が聴えて、雪と闇に、十八郎の影法師がゆらゆらと踊っている。迫る戦機、じりじりと引き緊まってくる異常な圧迫感——。うちには得江子夫人の死期が迫り、査問委員の寄輪着は、明後の払暁に迫っているのだ。

しかし、この前代未聞のダイナミックな男は、精気も失わず顔色も変えず、ひそかに迫る大賭博の、危険と緊張を楽しむかのように見えた。

が読者諸君、こうして暮れる雪の夜は、嵐を前にした一瞬の静けさに過ぎなかったのである。果して、次の夜に、思いもかけぬ悲劇が訪れて来たのであった。

波江は一進一退で、衰弱がひどかったが、窶《やつ》れの見えた顔は、一層神々しく見えた。眼の縁に、ほんのりと隈が出来て、その女らしさを、登江は忌々《いまいま》しくさえ感じて来た。

「もう貴女にだって、どうなるもんじゃありませんわ。影に恋してるのよ、莫迦《ばか》ねえ、波江」

「いいえ、影にじゃないのよ。私、いつまでも忘れたくないだけなの。結婚して、母親になっていろいろなことを忘れてしまいたくないの」

波江は、鎖骨を苦しげに上げ下げして、出来ることなら、登江にいて貰いたくないようであった。

「そうかしら、望みのない恋を、そういつまでも、心に守り続けていられるものかしら……。だけどねえ波江。私、一つ知りたいことがあるのよ」

登江の眼がいきなり燃えてきて、妙に底意を含んだような微笑が泛び上って来た。

「貴女、貴女じゃないの。ホラ、お母さまと道助を殺したのは……」

「エッ、私が……」

波江は、途端に溢れてきた涙で、何も見えなくなってしまった。登江の心に起った急激な変化――。瀕死の自分を、責め苛なむその恐ろしげな顔を、却って見ずによかったとさえ思った。しかし、だんだんに呼吸が和らいでくると、歔欷《なきじゃ》くりながらも、到底人の世のものとは思われぬ不思議な美しさが漲《みなぎ》って往った。

「私、あの方が生きている間は、どんな汚名でも負う覚悟をしていました。でもねえ登江、私、そう云われても少しも怒らないつもりよ。貴女の、ものを究めずには置かない、気性も知っているし、第一、もう頁がめくられてしまってるじゃないの。私が、そう云う苦しみを持ち耐えてゆけばゆくほどに、却って私の夢は、高く昇ってゆくばかりなの」

そこで、声が尽きて、後は、花を捲《むし》る音だけがした。波江は、やがてすやすやと寝息を立てはじめたが、登江は廊下に出ると、いきなりしゃくりあげ、それが輪をなして波紋のように拡がって行くのだった。

所が、その夜深更になって、廊下を、荒々しく走る跫音がしたかと思うと、十八郎の室の扉を割れんばかりに叩きはじめた。

「閣下、起きて頂きます。至急お眼醒めを願わなければ……いや、他でも御座いませんが、石房にまた人影が現われまして……。それで、扉を密閉して、ともかく瓦斯《ガス》だけは通じて置きましたが」

「なに、瓦斯《ガス》を入れた……。自分の幻を、瓦斯にくるんで、一体なにをする気だ？」

十八郎には、さして気に留めた様子もなかったが、やがて瓦斯の散逸した頃を見計らい、石房へと下りて往った。

その隧道は、漏斗形《じようごがた》に、だんだん狭まって往ったが、間もなく闇の中に穹窿形《アーチ》の迫持《せりもち》が見えた。すると馬上は、両掌を、錆で真赤にしながら、肱金《ひじがね》を擡《もた》げはじめた。閂子《かんぬき》が外され、錠前の二重錠が解かれ、次第に扉と共になかの闇が拡がってゆく。

すると、前方の空間をめがけ、一閃斜めに低く、サッと掃いた光のなかから、見るも驚くべき何ものかが泛び上ったのである。

その瞬間、叫びとも何ともつかぬ、異様な呻き声が発せられた。取り落した懐中燈が、コロコロ転げて、一つの顔を照し出している……。

二、「不思議国のアリス《アリス・イン・ワンダーランド》」

十八郎もあまりの意外さに、暫く打ちしおれたようにぐったりとしていた。顳顬《こめかみ》が割れるように疼いて、一時は何も見えなかったが、やがて光塵が霽《は》れ、血が収まると、ようやく眼前の光景がはっきりとして来た。登江が、石畳のうえで、顔を覆いながら、すやすや眠ったように死んでいるのだ。

「登江、登江が死んだ！　誤殺だ！　恐らくこの娘を、いつもの人影と見誤ったのだろう」

しかし、この惨事で、瀬高の血が絶え果ててしまうことは、よけい十八郎に、運命の酷薄さを感じさせた。

登江が、なぜこの石房を訪れたのであろうか——と、困憊のなかにも、一閃、その疑惑がひらめくのであった。

が、その疑問も、やがて解かれたと云うのは、登江の手中に、小さな紙片が握られていたからである。かたく握りしめて、離すに苦しんだほど、その遺書には、短文ながらも切々と胸を打つものがあった。

呼吸も苦しく、短いながらもあらましは書き遺したく思いますが、なにより私が、罪深い母親殺しだったことを申しあげねばなりません。

ねえお父さま、御存知でいらっしゃいますか。

一度、恋の獄《ひとや》に囚えられた女と云うものは、正しいも貞潔であるのも忘れて、ひたすら恋に向ってのみ歩み続けるものです。そして、もし失った場合に、どんな感情が爆発するか御想像がつきまして……。私が、あの方の胸に抱かれる方法と云っては、たった一つ、ただ波江を除くのみですわ。それで、マラッカの夜に、立ち罩《こ》める熱霧を衝いて……いよいよ波江を殺すことに決心いたしましたの。いいえ、燈台の灯も、決して銛《もり》でなんぞ突きはいたしませんのよ。

実は船底に、ファン・ワルドウ号のために、用意してあったニトログリセリンがあるのを知りました。

あれは、御承知で御座いましょうが、薄く塗って上を叩きますと、その部分だけに炸裂が起るのです。私は、それを沃度丁幾《ヨードチンキ》に混ぜて置いて、波江が使うのを、それとなしに窺って居りました。

なぜなら、船体の動揺で、何かに打《ぶ》つかったときは、否《いや》が応でも、その部分が裂け切れなければなりませんもの。

　所がお父さま、どうで御座いましたでしょう。運命は、あの夜母に室を換えさせて、私は、悲しい誤殺を見なければなりませんでした。今でも、うそ寂れた黄昏に、冷たい靄を見ますと、北緯十度に近い、お母さまの墓がしみじみと憶い出されますの。けれど私がいくら願って、御魂よ安かれ――とお祈りをしても、その顔は一度も笑ってはくれません。しかし、その悪夢が、私を一層大胆にして行きました。

　それから、執拗《しつ》こく、波江を倒す機会を狙って居りますうちに、とうとうあの祝典《フェスト・》オペラ《オーパー》の夜が参りました。

　すると思いがけなく波江が帰って来ましたので、今日こそ、いよいよ決行と心をきめましたの。でも、道助を殺して、波江に罪を被せるより、ほかには方法とて御座いませんでした。お父さま、あのときの私は、なにか酷薄無残な、鬼のような顔では御座いませんでしたか。その方法もやはり同じで、オテロが使う顔料の中に混ぜて置きましたの。ですから、あれが道助かどうかはいずれにしても、ともかく手をかけたのは私なので御座います。

　それから、秘密文書を、あの方の手から奪ったのも、私で御座います。でも、閉め切った、現在あの方のいる、室の扉を開けずにどうして奪ったか――その方法を、お知りになりたくば、私の室をお探し下さいませ。そうしたら、きっと、「不思議国《アリス・イン・》の《ワンダーランド》アリス」の中で、お気付きのことと思いますわ。

こうして、求めては失い、また失っても、私には、あの方の幻が離れ去る機が御座いませんの。今日も、猫室の人影と云う事を、ちらりと聴きましたので、よもや、おめおめ命を落す筈のないあの方がと思うと、いても立ってもいられず、よもやよもやに惹かされて、あの方の幻を追い、此処まで参りましたの。

何事も天命で御座います。誤殺した私が、末に誤殺の憂目に、見舞われることは当然で御座いましょう。私は死にます。鉄扉を閉められて、跫音が遠ざかり、私は、槓《て》棒《こ》に縋って狂気のように揺ぶりましたが、間もなく心が水のように澄んで参りました。

お父さま、おさらばで御座います。

いまは耳鳴りも止んで、お睡《ね》、お睡と云うお母さまの声が、どこからか聴えてくるような気がしてなりませんの。ああ、お母さまは、はじめて私を、お許し下さったのですわ。

睡りますわ。もっと強く、苦しむかと思っただけでも……。

しかし、十八郎の眼は、やがて、隅にある濡れた塊りに止まった。それは、死を以ってする諫止そのもののように、あの文書が、細々に切り裂かれ、跡形もなく嚙み砕かれているのだった。

彼の鬱然たる野望——巨億の富を握ろうとするあの明証が、こうして敢えなくも消え去ってしまったのである。

十八郎は、頭を垂れ、息も碌々つかず、絶望的に歩みはじめた。この、祖先球磨太郎のつくった、陰惨な窟から、響く亡霊どもの、嗄《か》れ嗄《が》れの声を聴く思いだった。しかし彼は、その房にもあった、群猫の像のことは気が付かなかった。

金眼銀眼が、彼を嘲けるように見て、この遺伝の秘密が分らぬか、これを解けこれを解けと、叫ぶ陰微な呼び声も知らずに、やがて階段を上って石扉の前に立った。

「閣下、私に、誤殺の責任をとらせて頂きます」

そのとき馬上の、死を予期したような声が背後でした。一夜で、白髪になったと云う皇后のように、声も色も、同じように蒼ざめ鉛色をしているのだ。

「いや、それは問わんことにする」

十八郎は、振り向きもせず云って、悠《ゆ》ったりと廊下に出た。抑揚も乱れず、歩幅も変ってはいない。まるで、石房にいるときとは、面を変えたように、十八郎は惨事以前の彼に戻ってしまった。

あれほど、酷《むご》たらしい、惨苦の極みとも云う人生悲劇も、この男だけは到底打ち倒すことが出来なかったのである。

それから十八郎は、音を殺すようにして、波江の室の扉を開いた。

「どうだ、気分はどうだな、波江」

十八郎が触った夜具は、灼《や》けるようであったが、室も波江も、蒼く白ちゃけて水のように静かだった。

しかし波江は、われを疑うように、震える手を瞼にかざして、

「ああ、お父さまだったの。私、もうお父さまに、来て頂けるとは思ってもいなかったのに……」

「登江が持っていた、『不思議国のアリス』な。あれが、どこにあるか、お前、知っているか。いま登江の室を、探してみたが無いのだ」

十八郎と、ルイス・キャロルの高名な童話「不思議国のアリス」——。それは、しばらく波江を惑わしたほどに、よもやあり得ようとは思われぬ、異様な対照であった。

しかし十八郎は、間もなく本を手に、淡い光のもとで、黙々と読みはじめたのであった。

「ハハア、口絵に『胸着《チヨツキ》を着た兎』がいるな。葛子の屍体に、胸着《チヨツキ》を着せたのもこれか……」

と、第一章「兎の穴へ《ダウン・セ・ラビツト・ホール》」の最初の頁を開くと、そこには、次の数行に傍線《アンダーライン》がしてあった。

――それには、「橙の砂糖煮《オレンジ・マーマレード》」と書いてありましたが、内容は空でした。彼女はその瓶を、もし落したら、誰か下にいるものを殺しはせぬかと気遣われたので、そっと、下へ落ちてゆくとき、棚のうえに載せて置きました。

「なるほど、下に落ちる、殺す――か。それに、液状爆薬《ニトログリセリン》の色は、橙色《オレンジ》だったな」

十八郎も唖然となって、しばらくその一枚を、穴の明くほど見詰めていた。それは「橙の砂糖煮《オレンジ・マーマレード》」から生れた、液状爆薬《ニトログリセリン》の幻想である。童話と犯罪と、二つの世界をつなぐ色彩の相似が、登江に、奇怪な色摺れを感じさせたのである。

液状爆薬《ニトログリセリン》を、沃度丁幾《ヨードチンキ》の瓶に混ぜて棚に置き、それをいつか波江に塗らせようとした。もちろん、船の動揺で、何かに打ち衝《あた》った場合には、その部分だけ、刃物で刺した傷のように炸裂しなければならない。

しかし、究極の問題は、如何にして登江が、法水の手から、秘密文書を奪ったかにあった。が、それも程なく数頁目に、はっきりとなった。

――最初のうち、兎の穴は真直ぐに通じていましたが、暫くすると、下向きに傾斜しました。

その二行にもやはり、傍線が施され、しかも、聴き込み筒——薄く添え書までしてあった。聴き込み筒《ラーキング・デイッパー》、何だろうか、聴き込み筒《ラーキング・デイッパー》——とは。それでも、数回繰り返しているうちに、十八郎はようやく悟ることが出来た。

「そうだった。昔の帆走軍艦《フリゲート》や、『ヘルミオーネ夫人《レディ・ヘルミオーネ》』時代の快走船《ヨット》には、よく船員の気配を窺う、聴き込み筒《ラーキング・デイッパー》があったと云うことだ。もし、『西風《ヴェスト》』号にあって、登江が発見したとすれば、あの文書も、手を差し込めば容易に盗める位置にあったのであろう。登江、登江だ、盗んだのは、マチルデではなかった。しかし、あの女も、ローテルリンゲンの血をひく限り、永劫、仮面とは縁を切れんぞ」

しかし、世界中誰一人知らぬ者もない、このお伽噺のなかに——青虫や、泣き海亀や、ロック鳥などが、この世にない不思議な会話を交し、暗喩寓喩の世界を、さも真しやかに語り出すこの一篇のなかに、こうも奇怪な、類を絶した夢想を、生み出させる力があるとは信ぜられなかった。そうして、いつまでも十八郎の顔から、感慨深げな色が去らなかったが、

「お父さま、一たい登江がどういたしましたの」

「登江か、登江は死んだのだよ」

「マア登江が、とうとうあの登江が……」

波江は、胸を締めつけられたように、一、二分言葉を発しなかった。

「でもお父さま、登江がもう一年か二年、早いか遅いかしたら、どうだったで御座いましょう。少女期から女に移ってゆく……あの頃でなかったら。童話の世界を跨ぎ切れない……あの頃でなかったら。いいえ、でも、登江の賢過ぎた不幸かも知れませんわ」

侘びしい点鐘や排気の音が、静かなこの室の空気を揺ってゆく。それから、何分か過ぎ、再び波江を見たときには、穏かなしかも、非常に白い顔をして眠っていた。

「快くなってくれ。道助の生死は、いまだに分らんのだし、わしの希望は、お前だけなんだから……」

十八郎は、吹けば飛ぶ羽のように、もはや重さと云うものを失った波江を見るにつけ、胸を抉《えぐ》り、咽喉《のど》を締めつけるような憂悶のなかに落ちて往くのだった。

所がそのとき、早暁の空気を震わす、汽笛の音を聴いたのであった。

この室にまで、震動を伝えながら、列をなした窓の灯が、暗闇のなかを突進してゆく。寄輪着の一番――それは、彼の暴逆を査問しようとする政府委員の列車であった。文書を焼かれ、しかも瀬高の血が、絶え果てたこの失意の夜に、それまで、地平線の彼方にあった颱風が現われたのである。

翌朝まず、市民は容易ならぬ不安に戦《おのの》かされた。その朝にかぎって、造船所からも、郊外の諸工場からも、汽笛一つ聴えるではなく、しかも、数十万の従業員が社宅を引き払って、群をなし、長い流れとなって街の中心にどよめき込んでゆくのだ。

そして、その人達は口々に、ただ命令とばかり云っていた。

なぜ工場を捨て、社宅を引き払わねばならぬか――彼等は少しも知らぬと云うのだった。音のない寄輪、死んで廃墟のようなこの市を包むものは、ただとりとめない流言と、嵐を前にした薄気味悪い静寂とであった。

しかし十八郎は、生死の境いとも云うその朝にも拘わらず、悠然と平服のまま、得江子夫人の病床を見舞った。

「大奥様、今日は、御決心のほどをお伺いする――いや、最後のその日で御座いましたなァ。昨夜、あの文書が不慮にも焼かれましたので、もはや万策尽きまして御座います。このうえ、茂木根の後嗣は、ただ大奥様のお胸一つに……」

朝の光が、和やかに漂い、孔雀が囀《さえ》ずるなかで、一人の老婆がまさに死に垂々《なんなん》としていた。力を永い間の苦悩に、絞り尽してしまった得江子夫人には、はや屍紋のようなものが現われていた。しかし十八郎のその言葉を聴くと、顔に、黙々と不快の色を現わした。

「そうですか。やはりそれでは御承諾を得んのですな。止むを得ません。では万事を、儂が就任する二十年前の状態に帰すまでです」

と、泛べた十八郎の微笑には、それまでにない鋭いものがあった。老夫人の顔が、再び痙攣して、われとわが身を噛むような、苦痛の色が泛び上った。所が、そこへ、西下した、政府委員の来訪が報ぜられたのである。

「では、此処へ、通すように云え」

「此処へ？　この病室にで御座いますか」

「そうだ、儀礼張ったことは、一切やらんでもよい。この樫の椅子にかけさせてやる。帰りの馬車の儀装とは飛んでもない話だ」

　こうして、じりじりと天秤の棹《さお》が動きはじめた。寄輪を襲った風雲の動きが、数分後には決せられるであろう。しかし十八郎には、一向に緊張なく、相変らず、重たげな瞼を半眼にして、扉を瞶《みつ》めている。そこへ、動員局長の三保谷一平を先頭にして、張り切った、蒼白な、四人の政府委員が入って来た。

「瀬高さん、今夕四時の、寄輪発では如何ですか。政府は、貴方の東京入りを希望して居られるのです」

　はじめ四人の委員は、この室が、得江子夫人の病室なのに驚かされたけれど、気鋭の三保谷は、まず透かさず機先を制するように云った。しかし、冷笑を伴った、十八郎の言葉は、却って三保谷の背筋に戦慄を走らせたのである。

「そうでしょう。どさくさを起して、その隙でもなけりゃ、個人が営々孜々《しし》の結晶を、国家が掠め取る訳には往かんでしょうからな。いつの世にも、よい肥《こや》しが、血と云うやつです。茂木根は、眼に余るほど、あまり膨れ過ぎましたよ」

「しかし貴方には、充分査問に附せられねばならぬ、理由がある。分りませんか、貴方には司法権をかりぬ、吾々の微衷が分りませんか。それに、何です？　吾々を嚇《おど》すためか、市中に暴動の気勢があるのは、何です？」

しかし、十八郎にだけは、さすが三保谷の肉薄も、巌にぶつかる水のように手耐えがなかった。彼は肩を揺って、さも底意ありげな、爆笑を上げるのだった。

「ハハハハ、そりゃ、どっちの話かな、儂は、市民など決して煽動せやせん、民衆と云うものが、どんなに下らぬものか、また議会が、巧みな指導者に操縦されたとき、いかに平凡化せんとするか――いま諸君は、その記念を、後世へ永劫に遺そうとするのだ。どう、お分りかな」

四人の委員は、眼に火花を交し合って、この逆襲に備える、対策を講じようとした。秤皿がその数秒間に、烈しく揺れはじめ、いまはどちらにか決定的な重錘《おもり》が置かれねばならなくなった。こうしていよいよ、最後の切り札が、委員側から提出されたのである。

「では、無駄な論議は一まず止めにして、吾々の最終の意志をお伝えいたしましょう。もしもの場合には、遺憾至極ですが、止むなく司法権の発動を黙視するよりほかにありません。しかし瀬高さん。貴方には、いま旅券が下附されているのです。どうでしょうな、十年ほど寄輪を去っていて、市民の頭から貴方と云う瘧《おこり》を落して頂けませんか」

十八郎の、一種異様な神秘的性格が、寄輪の市民に絶大な信仰を博していることを知っていた。それで、今にも暴動化しようとする、気配が濃いだけに、委員たちは、なまじな権謀を止め、十八郎の放逐を計ったのである。

こうして、威嚇と懐柔の両翼から迫られて、十八郎の失脚は、到底避けられぬものとなってしまった。

しかし、彼は、つかつかと窓際に行き、胸を反らせて、一群に見渡せる西郊の煙突を眺めはじめた。瞼は重く垂れ、奥の光は窺い得なかったけれど、いまや寄輪を去ろうとして、雲と湧きあがる、無限の感慨に包まれたに相違ない。

「なるほど、それでは御好意に甘え、そうさせて頂くことにしましょう。だが、遺憾なことには、一つ儂よりも先に、この寄輪を去るものがあるのです」

と、云い終るか、終らぬかのうちに、突如襲いかかった旋風のようなものがあった。一溜《たま》りもなく委員たちは椅子から投げ出されてしまったのである。

硝子を粉々に粉砕し、グワンと鼓膜を殴り付けた物凄まじい空気の波動――。暫くは、頭が茫《ぼう》っと靄のうちに包まれていて、あの気動も、続いて地盤を震動させ、轟きあがる爆音も、みな奇怪な悪夢のように思われた。濛々たる砂塵と、爆発物の破片とで、戸外は薄暮のように暗かった。

「驚かんでもよい。あれは、寄輪窒素工業の、水素溜が爆発したのです。貴方がたは、いま二億の札束で、頬桁を叩かれた。ハハハハ、あの気動は、二億の風じゃ」

十八郎は、焔の反映に満身を浴びて、いま自分を逐《お》おうとする、四人の政府委員を憫《あわ》れむように見下した。

「所がまだ、茂木根直属の工場は、二十余りもあるでな。造船、製鋼、航空機、火薬――と。どうじゃ諸君、もう三、四十分も待って貰って、その上で、海外市場の公債の下げ足を拝見するかな」

遂に、政府委員が色を失い、国法も輿論も、一人の男に踏み躙《にじ》られる機が来た。日本の重工業を一手に占め、全産業の三割七分を握るこの茂木根が、もしも全線に渉って破壊された場合を考えると、それはヴェルダン戦を数秒間に圧縮し、日露戦争を、五回以上も続けたに等しい損失となる。もし、そうなった場合は、茂木根の崩壊で、九州の南が浮き、北が沈むと云うことは、単なる洒落ではなくなってしまうのだ。逆に、前代未聞の、この無法者のために、政府委員は言葉もなく頭を垂れたのである。

「のう皆さん、儂は今まで、日本財界の先頭に立って、進んで往った。海霧《ガス》を潜り、国々を疾駆して漸《よう》やく揃えた、茂木根の全砲列を見られい。これは、諸国の軍旗が、揺りはためく森ではないか。いや、日本に代って、儂が獲た、貴重な鹵獲《ろかく》品なのだ。

しかし、いま諸君は、早まって光の前に出た。そして、はや疲れて、思慮も打算も失ってしまわれた」

事実十八郎は、世界歴史の得た最大の賭博者である。人々は爪先の汚れだけを見て、峻烈に非難するけれども、首は雲を抜いて、彼等には何者であるか、見ることは出来ないのである。

しかし十八郎は、そこで戦い終れりと見たのであろうか、静かに歩を運んで、得江子夫人の枕辺に立った。

「大奥様、御覧になられましたか。自分で築きあげたものには、壊す権利も、またあると信じます。お分りでしょうな。これで茂木根の後嗣が、誰の手に落ちねばならんか……」

こうして遂に、未曾有の危機を無事切り抜けたばかりではなく、遂に機会を作って、彼を後嗣に推す得江子夫人の遺書を得たのであった。

翌日の委員会は、彼を推す――むしろ内規だけのために開かれた。十八郎の覇業が、ようやくなし遂げられて、この時代、この国民として、最高の光輪を戴くことになった。

なかには、頰杖を突いて、ひそかに怒りに燃え、切歯に耐えぬらしい硬骨の委員もあったけれど、殆んど十割に近く、十八郎の股肱《ここう》のみであった。壇上の彼に拍手し、

朗々と読み下されてゆく条文を聴いていたが、やがて進んで、

——正当と認むべき、後嗣現われざる限り……

とある、その一条まで来たとき、突然扉の彼方に、鋭く、

「待て！」

と不思議な声がした。

「誰だ、引き摺り出せ」

その声に、場内が騒然とどよめき立ったが、扉は開かれ、その瞬間、十八郎は棒のように硬直してしまったのである。

幽霊、法水《のりみず》の幽霊……。

三、われを呼ぶ汝が歌

「おう、法水君」

容易なことでは、決して驚かぬ十八郎も、ただ一つ、幽霊と戦う術だけは知らなかった。しかし、これは明白に幽霊ではない。

今まで、どこにどうして、彼は潜んでいたのであろうか——と、まさに栄冠を頭上にしようとするこの瀬戸際に、法水の出現は容易ならぬ不安であった。

「瀬高君、久方振りで、君の冷血面が拝めるとは、光栄だ。だが君、君は僕と云う、幽霊の言葉を信用出来るかね。実は、隠れていた、茂木根の正系を発表しに来たんだ」

「なに、茂木根の正系を……」

十八郎は、片手で眩暈でもしたように、卓子《テーブル》の端を支えた。

「あるなら、サッサと云うて見るがいい。何か？　実は、最近気が付いたのだが、それがあの、金眼銀眼の群猫じゃないか」

「なるほど、君の炯眼《けいがん》たるや、相当なもんだ。あれは金眼銀眼で、まさに遺伝の相対形質を説明しているのだ。まず、一番上のが、雌雄二匹の金眼銀眼だが、その下に、生まれた第一代の六匹が並んでいる。所が、五匹が金眼で、一匹が銀眼だが、優性の金眼が支配する第一代に、銀眼が現われるとは、至極不審じゃないか。ねえ瀬高君、問題と云うのが、つまりその、銀眼にあるのだよ」

意外な法水の出現に、呆気にとられた人々は、唖然と眼を瞠《みは》って、彼の言葉に片唾《かたず》を呑むばかりであった。

所が法水は、十八郎を見やったまま、擽《くす》ぐられるような笑い声を立てた。

「そうなんだよ瀬高君、全くそれは、なにか遺伝の相対形質に潜む、秘密を物語ってるんだが、遺憾なことに、茂木根の正系問題とは一向に関係はない。しかも、君、あの文書は焼かれてしまったと云うじゃないか」

次第に十八郎の顔から、覆っていた憂悶の霧が吹き払われて往った。群猫の金眼銀眼が、それでないとすると、何によって、彼は茂木根の血を証明しようとするのか。もはや、神の知る以外には、明証《あかし》とてない筈ではないか。

と、十八郎に、はじめて生色が泛び上って来た。

「いや、ともかく君の、生存を祝すことにしよう。あの文書のことも、金眼銀眼も、儂等の頭から永遠に吹き払ってしまおうではないか」

「だが、僕に関する限り、あの金眼銀眼は、決して無駄ではなかったのだよ」

と云うと、十八郎の顔をサッと暗影が掠めたが、しかし、法水が語り出したのも、また血系の問題ではなかった。

「ねえ瀬高君、あの銀眼がなければ、僕はとうに、君の手で斃れていただろう、僕は窓際に行くと見せて、あの時猫室に隠れたのだ。そして、あの銀眼の右眼を、グイと押すと、それまで壁と見えていた、石扉が開いたのだ。驚かんでもいい。つまり、茂木根の祖球磨太郎は、閂と錠前であの扉を開閉する以外に、もう一つ、ある陰微な方法を、あの銀眼に与えて置いたのだよ。それから、石房に下って、僕はマチルデに遇った。可哀想にあの女、生れ付いての大嘘吐《つ》きと姓名の符合が災難で、ひとり石房の中でしょんぼり竦《すく》んで居ったよ。それからが、暗中マチルデとの、十日ばかりの生活さ。ハハハハ、君も憶い出すかね。僕がマチルデに化けて、雪の日暮を、望楼に引かれて往ったのを。そうして、遂に宿望を達し、僕は、鉄仮面蓮蔵路馬助の室に入ることが出来たのだ」

そこまで来ると、追想やら労苦の想い出などで、法水の言葉を、瞬間途ぎらせたものがあったが、

「所で瀬高君、僕がなぜ、危険を冒してまでも、単身望楼に乗り込んだか――それは、もちろん僕に、脱出の成算があったからなんだ。君があの夜見ていた――忘れやしまいね。球磨太郎の情炎を記した、遺し文があったじゃないか。その中で――ヨハンナの**室を覗き見はしたが、決して内部には入らず、それにも拘わらず彼の姿がその室に現われる**――と云う一文があった。僕はそれに、一つの啓示を感じたのだよ。そして、矛盾も甚だしいその現象を、道助君の不思議な出現に結び付けてみたのだ。なぜなら旧鎗打砦はこの邸であり、また球磨太郎の住む寄輪の館は、一部いまの望楼となって残っているからだ。そうすると、同じような、異様な現象に、共通の因子《ファクター》が発見されるだろう。ねえ瀬高君、道助君のも球磨太郎のも、云わば、同じ画像の作った幻影に過ぎないのだよ」

「そうか。では、道助の生死に、解決を与えるものが、あると云うのか」

「いや、単に猫室の道助君が、それでないと云うだけの話さ」

法水は、故意《わざ》とらしく、悲しげに頸《くび》を振ったが、

「所で君、君はゴールトンが、家族特性鑑別に編み出した、『複合写真像』と云う方法を知っているかね。つまり、一種の重ね撮りなんだが、それは、数代に渉って、家族の写真を一つ一つ重ねて行く。すると、結句は、一つの顔に出来上るんだが、それには、特徴の著るしい部分はますます濃く、不明瞭な部分は、やがて消えてしまうんだ。しかも、最も興味のある点は、その写真にいつかしら、生き写しの人物が、生れて来ると云うことなんだ。そこで瀬高君、もしヨハンナの室に、当時の油絵があったとしよう。そして、代々の当主が、そのうえに透し絵具で、重ねられて往ったとしよう。そこで、暗中に、その画像の背後から、光が向けられたとする。そうしたら、眼に映るのは、決して表面にある、画像の顔ではなくなってしまうのだ。ちょうど、複合像そっくりに、家族の特性を具えた異様な顔が現われやしまいか。いいかね。顔を背後から照す、円い灯だ。それが、二百年前には球磨太郎となり、ついあの夜は、道助君の幻像となって泛び上ったのだ」

その、背後から画像の顔を照らす、円い灯とは——何か。一発の狼煙《のろし》が、宙にスウッと上ってゆくときの——星の雨となるか、金の扇と散るか——一体法水の口から何事が吐かれようとするのだろう。

「実はね、猫室と望楼の鉄仮面がいる、あの房との間に、地下をうねくる、窟の道が

通じているのだ。つまり、昔球磨太郎が、ヨハンナをかい間見ようと、忍んで行った道がそれなんだが、偶然今日になってそれが路馬助に発見された。あの男は、痴呆同然だが、ただもう遁れたいばかりでね。永年、行き止まりの壁を押しては、悲嘆に暮れていたものだよ。所が、行き詰った所にある、その石の壁には、わずか頭が入るくらいの、円孔が空くようになっている。ちょうど、その向うが、画像の顔で、手にした灯りが異様な顔を泛ばせたと云う訳さ。しかし、そこにも、路馬助には得体の分らぬ、群猫の像があった。愛猫家の球磨太郎は秘密築城にも、猫を使って隠し扉を暗示しているのだ。ねえ瀬高君、そうして僕の苦心が、漸やく酬いられたのだよ。例の銀眼を押すと、石畳の一つが、パックと口を開けた。下は、石房だった。血を溶いたような光の中から、マチルデの顔が、ヌウッと突き出されたのだ」

実にこれが、猫室に現われた、異様な人影の正体だったのである。しかし十八郎は、法水の声にわくわくするような律動《リズム》が踊っているのが、気になった。

「よく分った。しかし、神でない限り、茂木根の血に就いての証明は出来まいと思う」

「なるほど、文書は焼かれたし、金眼銀眼の秘密も、それではなかったし……」

法水の声が、いきなり顫えを帯びて来て、暫くは、回想を摸索《まさぐ》るように何も云えなかった。

「しかし瀬高君、マチルデと暗中に暮した、十日あまりの生活だが、あの、孤島のような闇が、僕には決して絶望ではなかったのだ。何故だろう。逆境と孤独に集まった力が、僕に、恐ろしいものを描かせたからだ。マア、とにかく、これを見てくれ給え」

と、彼が取り出した、何ものかを見たとき、さすがに十八郎も、壁のような威厳を繕ってはいられなくなった。

実に、それが、一基の古びた位牌だったのである。

表には、朗照院幻誉春茗大姉とあって裏を返してみると、文政三年六月十七日卒と記されてあった。

「法水君、冗談ではあるまいが、この戒名に一体どんな意味があるのだね」

「どうして、冗談なもんか。これは誰が読んでも、朗照院幻誉春茗大姉に過ぎんだろうが、もし音ではなく、訓で読んだとしたらどうだ」

二百年も昔に、鎗打の本城と共に、焼死したとばかり思われていたヨハンナ・ローテルリンゲンが、まざまざと、此処に現し世の姿を現わしたのであった。

朗照院幻誉春茗大姉《ろうしょういんげんよしゅんみょうだいし》《ローテルリンゲン・ヨハンナ》

十八郎は、正面の時計を見詰めたまま、巨像のように動かなくなってしまった。さしもの雲の峰も頂から溶けひろがるように、崩れはじめたのである。

「ヨ、ヨハンナが、鎗打を遁れて、それから何処へ行ったのだ？」

「救けたのは、長崎の大通辞だ。多分隠密かと思うが、それまでその人物には子がなかったのだが、突然ヨハンナを救うと同時に、養嗣子の届出をした。それが瀬高君、真正織之助の胤《たね》である。長七郎と云う次男だ。分るか、血の疑わしい、瀬高の祖静香とはちがって、その、蓮蔵の家を嗣いだのは、まさしく茂木根の血だ」

「なに、蓮蔵……。すると、君を裏切った、あの……」

「そうだ、種子だ」

その後何秒かの間は、息付きさえも聴えず、十八郎は眠ったように突っ立っていた。彼は、歓喜の絶頂から、失意のどん底に叩き込まれてしまったのである。

あの痛苦も、生死を賭したもの凄まじい変転も、ただただ種子に、最後の栄冠を与えんがためではなかったか。

黒疫《ペスト》、巨船の撃沈、マラッカの濃霧——と胸を去来する想い出の中で、巨人は静かに諦らめの色を現わした。

「諦めよう、儂も完全に敗北を認める。もう、君と立ち上って、戦う気力もないよ。しかし、敗けたのは、君じゃない、君を動かしている、あの力だ」

「だが瀬高君、君のいない寄輪なんて、恐らく想像も付かんじゃないか。君の記念像《デンクマル》も作らず、此処を去るつもりか」

「フム、当分儂は、日本の土を踏まん決心で居る。幸い、旅券もあるし、四時の『サヴォイ伯爵夫人《コンテス・サヴォイ》』号で、寄輪を発つつもりだよ。それで君に、波江のことをくれぐれも頼んで置きたいのだ。なあに、君が行ってやりゃ、きっと癒るさ」

その日の夕方、「サヴォイ伯爵夫人《コンテス・サヴォイ》」の出帆で、寄輪の波止場は寄せ返す人波だった、このファッシストの巨船は、テープを梭《おさ》のように張って、間もなく徐々に揺ぎ出そうとしているのだった。やがて、見送り人下船の銅鑼《どら》が鳴って、船と波止場をつなぐ、板梯子《ギャングウエー》が外されてゆく。

「では瀬高君、暫しの別れだが、左様ならを云おう」

法水が、咽喉を窒《つま》らせ、感慨無量の面持で、グイと十八郎の手を握ると、

「いや、政治家と云わず、失脚してこそ、はじめて、視野と展望を得ると云うじゃないか。儂は、この流謫を決して悲しんじゃいないよ。では、左様なら、日本が儂を求める時には、必ず帰って来るからね」

こうして、「西風《ヴエスト》」号の入港で齎《もた》らされた、寄輪の風雲が、ついに巨人十八郎を載せ、「サヴォイ伯爵夫人《コンテス・サヴォイ》」の出港と共に去ったのであった。嵐は逝った。穏やかな波頭を滑べる、残陽が薄らぐ頃には、巨船は一点となり、外洋に消えてしまったのであ

る。法水は、人波が去った後も、微かに泡立つ船脚をもの悲し気に見詰めていた。

すると、もくもく湧き立つようにして、最初波江と肩を並べた、カムランのあの夜の事が憶い出されて来た。所が、どうしたことか、波江は彼の眼を避けるように、何処かへ消えてしまったのである。そうして、その一夜を悶々のうちに送らねばならなくなった。ああ、病苦を冒して、波江は何処へ行ってしまったのだろうか。

その夜の夢に、二人は並木路を歩いた。また、山毛欅《ぶな》の林も、枯れた牧場も、彼の夢のなかに現われた。

しかし、月が出ると、波江の姿が溶け込むように消えて、彼方の、枝折戸《しおりど》へ、向って行くのが見える。彼は、腕を伸ばしたけれど、むなしく空をかいて、波江の姿が全く消えてしまったのだった。彼は、翌朝狂気のようになって、新しい主人を戴く祝典の寄輪を捜しはじめた。

所が、祝典オペラ《フェスト・オーパー》の前夜を過した、安宿に来ると、女将が、意味ありげな手付で扉を指差した。彼の胸がいきなり、轟きはじめた。そして、扉を開いたとき、寝台のうえで、穏かに眠る波江を見たのであった。

その顔には、臨終を前にした、照り映えんばかりの美しさが漲《みなぎ》っていた。髪はもはや光に過ぎず、ぞっと眼が眩んで、思わず絶望したように見詰めるのだった。そのうち、吐く息が波江の頬にかかって、彼女はぱちりと眼を開いた。

しかし波江は、睡っているような表情で、暫く彼をじっと見詰めていたが、そのうち全身が歓喜で顫え出して来た。

「ああ、貴方でしたの。私、貴方が来るとは、到底思えなかったのに……。やはり貴方は、むざむざお命を捨てるような方ではなかったのですわ」

「もう、心配しないで下さい。僕は、この通り此処にいます。しかし、起きられない貴女を、誰が此処へ運んで来たのですか」

波江は探るような手付で、彼の顔を撫ぜ、これが夢のなかを、彷徨う幻でなかったことを確かめたのである。

「いいえ、私、自分で此処へ来ましたのよ。でも、此処へ来てからは、マチルデが何かと世話をしてくれますし、私、蝿の跡にも、想い出を遺して死んで行きたいと思いましたの。ねえ貴方、彼処にある穴、あの浸染を覚えていらっしゃる?」

「いや、貴女は生きられる。決して、死んではいけない」

法水の声は、泣いているように曇って、間もなく、はっきりと嗚咽《おえつ》であるのが分った。

「ただ貴方を、この上もなく、私が愛していたことを覚えて頂きたいの。こんな値打ちもない女に、過分の愛を頂いて……私、ありったけの血を流しても……充分に償い切れないような気がいたしますわ。ああ、私、これでやっと死んで行くことが出来ますわ。もう、恐ろしくは御座いません。私、貴方のお手に縋って眠って、行きたいと思いますの」

「波江、波江、眼、眼を醒ましてくれ」

波江の顔に、仄白く漂いはじめた臨終の影に気が付いて、法水は、肩を狂気のように揺ぶった。

「マア、涙なんぞ流して……溜息なんぞ、お吐きにならずに……私に、左様ならを云って頂戴。私、だって、こんなにも嬉しいのに……」

和やかな陽差しが消えて、室が、狭い谿のように暗くなったとき、音もなく、波江のうえに死の影が落ちた。法水は、からんだ指も離さず、いつまでも、熱した頰を波江の胸に当てていた。こうして、恋のために、波江は何もかも捧げ尽して死んで往ったのである。それを思うと、身を焼かんばかりの情火に、彼は倒れそうになって来た。すると、扉を開く、荒々しい物音がして、綺羅びやかに着飾った種子が、狂気のように駆け込んで来た。彼女は、瞬間立ち止って、室の様子に異常なものを感じたらしかったが、

「貴方、私、厭で御座いますよ。貴方を離れて、あの痴呆の路馬助と、寄輪の主になるなんて、真平で御座いますわ。参りましょうよ。こんな衣裳なんぞ、捨ててしまって、貴方のお側を決して離れはいたしませんから……」

「貴女は、あの晩私を裏切りましたね」

法水が、半ば絶望を交えて、鋭く種子を見ると、

「そうですの。私、そうでないとは、決して申しませんわ。ですけど、瀬下《せしも》と云う男と入れ代ってシャンデリヤを射ったのも、また靴を投げて、貴方をお救いしたのも私で御座いますの。それも、路馬助が救われず、貴方が御無事と思う、切ない、私の手段だったのですわ。お許し下さいませね。そして、私と一緒に寄輪を去りましょう」

しかし、法水の手に、布を除《と》られて、波江の顔が現われると、見る見る、種子の顔を絶望の色が覆ってゆくのだった。

情火にくるめく涙が、彼女の頬をもつれ合って滴《したた》り落ちた。そこへ、扉が開いて、礼帽を小脇に抱えた、式部係りが現われたのである。

「奥様、お時間で御座います。旦那さまも市民も、先ほどから、お出でをお待ち兼ねで御座いますが」

そうして、すべてが去った。

程なく、種子と路馬助を乗せた無蓋の馬車が、どよめく歓呼のなかを畝《うね》のように犂《す》いて行くのだった。小雨に泣き濡れた寄輪の女王は、テープの降りしきる、光りの雨に顔を項垂《うなだ》れた……。

●解説――

スケールの大きな比類なき新伝奇小説

山前　譲

戦前の探偵小説のなかで今でも奇書として語り継がれているのは、夢野久作『ドグラ・マグラ』と小栗虫太郎『黒死館殺人事件』である。奇しくもともに一九三五年の刊行だが、その長大な作品を読み解くのはなかなか難しい。『ドグラ・マグラ』ではまさに迷路をさ迷うことになるし、『黒死館殺人事件』は独特の文体とペダントリーに振り回される。

本書『二十世紀鉄仮面』はその『黒死館殺人事件』で探偵役を務めていた法水麟太郎が登場しているが、テイストは大きく異なる。有名な鉄仮面のエピソードを日本に持ち込んでの物語は、言葉遊びなどに初期の小栗作品の味わいを残しつつも、エキゾチックで波乱に満ちた冒険小説の趣が強く、法水麟太郎のキャラクターもずいぶん違う。そこには虫太郎の作風の変化が如実に反映されているのだ。

江戸川乱歩のデビューまでの多彩な職業遍歴は有名だが、虫太郎が本格的に創作活動に入るまでもなかなかユニークである。一九〇一年、東京神田に生まれ、神田錬成小学校、お茶の水女子高等師範学校附属小学校、京華中学校商業科と学ぶ。中学三年生の頃から正則英語学校高等科にも通っていたというが、虫太郎の語学の才能はその作品に遺憾なく発揮されている。

中学校を卒業して樋口電気商会に入社したものの、二十歳を過ぎて亡父の遺産が自由に使えるようになると、大塚で印刷所を始めた。得意先に恵まれて繁盛したという。けれど虫太郎は、営業活動はやったものの、それほど商売熱心でなかった。やがて経営不振となり、遊ぶこともままならなくなって探偵小説を書きはじめる。のちに『紅殻駱駝の秘密』として刊行される長編やいくつかの短編を書いたが、そのうち「或る検事の遺書」は「探偵趣味」に投稿し、一九二七年十月の同誌に掲載されている。

一九二六年九月に印刷所を廃業してからは、すでに結婚して子供もいたのに、何の職業にも就かず、父の遺した骨董類の売り食いでしのぐ。やがて甲賀三郎を知って、短編「完全犯罪」を持ち込んだ。それが「新青年」の水谷準編集長のもとに回され、横溝正史のピンチヒッターとして掲載されたのは一九三三年七月である。面倒見が良かった三郎と、編集者としていつも新しい才能に期待していた準らしいエピソードだが、その期待に応え、またたくまに虫太郎は探偵作家として旺盛な創作活動を見せる。

ちょうどそれは探偵小説界が第二の隆盛期を迎えようかというときで、一九三四年に「新青年」に連載された『黒死館殺人事件』によって虫太郎は探偵文壇で確固たる地位を築く。ただ、密室殺人や暗号といった探偵小説ならではの趣向を取り込みながらも、トリックは現実的なものではなく、自作が探偵小説の枠に収まるものではないことは自覚していた。そして一九三六年五月から九月まで「新青年」に連載された『二十世紀鉄仮面』は、十九世紀浪漫精神の復興を意図した新伝奇小説だった。

連載中に行われたあるインタビューでは、〝僕がこれから書こうとするものに、何かいい名が欲しいということになって、ある時、『新青年』の親爺（水谷準氏のことならん）と話し合ったことがある。探偵小説じゃどうも面白くない。何がいいだろう。いろいろと話し合った末に、新小説、これは意味が分らん。では、新伝奇小説！　うんこれがいいだろうということになった。『巌窟王』なんかを、伝奇小説と呼んでいるが、さて変なものでね、次の伝奇小説に新を冠せながら、どうしても探偵小説から抜けきることが出来ない。『二十世紀鉄仮面』なども、探偵小説から極力離れようとしているが、どこまで離脱出来るか、自分にも興味あることと思っている〟と語っている（「ぷろふいる」一九三六・七）。ちなみに連載開始の直前には二・二六事件があり、そして三月十一日には夢野久作が急逝していた。色々な意味で、時代のターニングポイントに発表された長編である。

一九三七年になると探偵小説同人誌「シユピオ」を海野十三、木々高太郎とともに主宰したりもしたが、戦時体制の強化とともに小栗作品にも変化が見られる。一九四一年から「人外魔境」としてまとめられている秘境小説を手掛け、太平洋戦争開戦前夜から陸軍報道班員として赴いたマレーを舞台にした作品も発表している。そして戦況が悪化すると、長野県に菊芋から果糖を製造する工場を構え、創作活動は途絶えた。

一九四五年の終戦で復活した探偵小説界は、当然ながら虫太郎の復活も望んだ。だが、虫太郎は一九四六年初頭、依頼に応えて『悪霊』と題した長編を書きはじめる。だが、復活はならなかった。二月十日の朝、脳溢血によって急死したからである。遺稿は原稿用紙にしてわずか二十二枚だった。

江戸川乱歩が「日本の探偵小説」（一九三五）で早くも、〝この作者は英米の本場にも類例のない不可思議な探偵小説を編み出した点で、又その詩人的情熱の烈しさ、気魄のすさまじさに於て、日本の探偵小説界の一つの大きな異彩と云うことが出来るだろう〟と評した作品世界を、この『二十世紀鉄仮面』でも存分に味わえるに違いない。

（やままえ・ゆずる　推理小説研究家）

＊「二十世紀鉄仮面」は『新青年』誌、一九三六年五月号～九月号に連載され、同年九月に春秋社より刊行された。本文庫は、桃源社版（一九六九年五月刊）を底本とする。表記等は著者物故につき原則そのままとしたが、少しルビ等を補った。

二《に》十世紀《じっせいき》鉄仮《てっか》面《めん》

二〇一七年 七 月一〇日 初版印刷
二〇一七年 七 月二〇日 初版発行

著 者 小《お》栗《ぐり》虫《むし》太《た》郎《ろう》
発行者 小野寺優
発行所 株式会社河出書房新社
〒一五一-〇〇五一
東京都渋谷区千駄ヶ谷二-三二-二
電話〇三-三四〇四-八六一一（編集）
〇三-三四〇四-一二〇一（営業）
http://www.kawade.co.jp/

ロゴ・表紙デザイン 粟津潔
本文フォーマット 佐々木暁
印刷・製本 中央精版印刷株式会社

Printed in Japan ISBN978-4-309-41547-5

黒死館殺人事件

小栗虫太郎　40905-4

黒死館を襲った血腥い連続殺人事件の謎に、刑事弁護士法水麟太郎がエンサイクロペディックな学識を駆使して挑む。本邦三大ミステリの一つ、悪魔学と神秘科学の一大ペダントリー。

蟇屋敷の殺人

甲賀三郎　41533-8

車から首なしの遺体が発見されるや、次々に殺人事件が。謎の美女、怪人物、化け物が配される中、探偵作家と警部が犯人を追う。秀逸なプロットが連続する傑作。

神州纐纈城

国枝史郎　40875-0

信玄の寵臣・土屋庄三郎は、深紅の布が発する妖気に導かれ、奇面の城主が君臨する富士山麓の纐纈城の方へ誘われる。〈業〉が蠢く魔境を秀麗妖美な名文で描く、伝奇ロマンの最高峰。

白骨の処女

森下雨村　41456-0

乱歩世代の最後の大物の、気宇壮大な代表作。謎が謎を呼び、クロフツ風のアリバイ吟味が楽しめる、戦前に発表されたまま埋もれていた、雨村探偵小説の最高傑作の初文庫化。

消えたダイヤ

森下雨村　41492-8

北陸・鶴賀湾の海難事故でダイヤモンドが忽然と消えた。その消えたダイヤをめぐって、若い男女が災難に巻き込まれる。最期にダイヤにたどり着く者は、意外な犯人とは？　傑作本格ミステリ。

日影丈吉傑作館

日影丈吉　41411-9

幻想、ミステリ、都市小説、台湾植民地もの…と、類い稀なユニークな作風で異彩を放った独自な作家の傑作決定版。「吉備津の釜」「東天紅」「ひこばえ」「泥汽車」など全13篇。

日影丈吉　幻影の城館

日影丈吉　41452-2

異色の幻想・ミステリ作家の傑作短編集。「変身」「匂う女」「異邦の人」「歩く木」「ふかい穴」「崩壊」「蟻の道」「冥府の犬」など、多様な読み味の全十一篇。

琉璃玉の耳輪

津原泰水　尾崎翠〔原案〕　41229-0

３人の娘を探して下さい。手掛かりは、琉璃玉の耳輪を嵌めています――女探偵・岡田明子のもとへ迷い込んだ、奇妙な依頼。原案・尾崎翠、小説・津原泰水。幻の探偵小説がついに刊行！

11　eleven

津原泰水　41284-9

単行本刊行時、各メディアで話題沸騰＆ジャンルを超えた絶賛の声が相次いだ、津原泰水の最高傑作が遂に待望の文庫化！　第２回Twitter文学賞受賞作！

最後のトリック

深水黎一郎　41318-1

ラストに驚愕！　犯人はこの本の《読者全員》！　アイディア料は２億円。スランプ中の作家に、謎の男が「命と引き換えにしても惜しくない」と切実に訴えた、ミステリー界究極のトリックとは⁉

花窗《はなまど》玻璃《はり》　天使たちの殺意

深水黎一郎　41405-8

仏・ランス大聖堂から男が転落、地上80mの塔は密室で警察は自殺と断定。だが半年後、再び死体が！　鍵は教会内の有名なステンドグラス…。これぞミステリー！　『最後のトリック』著者の文庫最新作。

『吾輩は猫である』殺人事件

奥泉光　41447-8

あの「猫」は生きていた⁈　吾輩、ホームズ、ワトソン……苦沙弥先生殺害の謎を解くために猫たちの冒険が始まる。おなじみの迷亭、寒月、東風、さらには宿敵バスカビル家の狗も登場。超弩級ミステリー。

著訳者名の後の数字はISBNコードです。頭に「978-4-309」を付け、お近くの書店にてご注文下さい。